KB101467

봄바람

박상률 장편소설

올로올로

차례

봄바람

바람이 불어왔다. 봄바람이다.

해마다 이맘때쯤이면 바다 건너 봄바람이 불어온다.

봄바람은 처음엔 부드럽고 따스한 느낌을 준다. 그러나 봄이 좀 깊어진다 싶을 때쯤 해선 제법 강해져서 마당 우물가에 있는 양철 세숫대야를 굴러다니게 할 정도로 기운이 세진다.

바람…….

그 봄바람이 불기 시작하면 우리 마을 어른들은 들에 나가 일을 시작하고, 이십 리 길 너머 바닷가 어른들은 배를 타고 바다로 나간다. 어른들은 봄바람이 불면 몸이 근질근질해져서 들이나 바다로 나가지 않고는 못 배긴다.

그런데 봄이 되면 정말로 몸이 근질근질해서 못 견디는 사람들이 따로 있다. 학교 졸업하고 집에서 조용히 농사일을 배우던 머시마와 가시나들.

그들 가운데 몇몇이 불어오는 봄바람을 타고 뭍으로 가는 배를 탄다. 그래서 해마다 이 집 저 집 돌아가며 한바탕 소동이 인다. 머시마와 가시나들이 몇 명씩 사라져 버리는 날, 그날은 틀림없이 봄바람이 심하게 분 뒷날이다.

그들은 뒤주에서 퍼낸 보리쌀 몇 되를 읍내 싸전이나 풀빵집에 맡겨 여비를 마련해서 봄바람을 타고 떠나 버린다. 그런 날 새벽엔 개도 짖지 않는다. 그래서 그들의 탈출은 거의 완벽하게 이루어진다. 그들 부모들은 며칠을 두고 '죽일 놈, 썩을 년' 하며 집 나간 자식들을 원망하지만, 이내 조용해지고 만다.

봄바람을 탄 그들은, 한동안은 아직 학교에 다니고 있는 우리 또래들에게 부러움의 대상이 된다. 아이들은 저마다 다짐한다. 언젠가는 나도 이 마을을 떠나리라!

그러나 봄바람을 타고 떠나는 이가 있는가 하면, 봄바람을 타고 들어오는 이도 있다.

이 산 저 산 꽃이 피니
분명코 봄이로구나

봄바람이 불기 시작하면 어김없이 들려오는 꽃치의 노랫소리다.

언제 들어도 꽃치의 노랫소리는 여전하다. 그의 꽃망태기도 여전하다. 거무죽죽한 땟국이 흐르는 그의 솜옷도 여전하다. 그의 모든 것은 여전하다. 그러나 마을은 여전하지 못하다.

아니, 마을도 곧 여전해지고 만다. 그의 노랫소리가 마을을 여전하게 만들어 버린다.

봄은 찾어왔건만은
세상사 쓸쓸허드라

꽃치의 노래는 묘한 마력 같은 것을 지니고 있다. 말은 한 마디도 하지 않는 그, 그러나 그의 노래는 듣기에 따라 백 마디 말보다 더 큰 의미로 들려온다. 어차피 쓸쓸한 세상사!

어쩌면 꽃치는 소리꾼이었는지도 모른다. 아니면 가수

였는지도…….

아니다. 꽃치는 지금도 소리꾼이다. 아니, 꽃치는 지금도 가수이다. 소리꾼이 아니고선, 가수가 아니고선 노래로 말을 대신하진 않을 것이다.

함평 천지 늙은 몸이
광주 고향을 보랴 하고
제주 어선 빌려 타고
해남을 건너올 제

꽃치의 노랫소리가 점점 가까워지자 마을 어귀에 모여 놀던 아이들이 하나둘 흩어지기 시작했다. 나도 동생 손을 잡고 재빠르게 집 안으로 뛰어들어 갔다. 어른들은 아이들에게 겁을 주면서 늘 이렇게 말하곤 했다.

"야, 이놈들아! 꽃치헌티 잡히믄 니들 꼬추는 뿌리째 다 뽑혀 뿌려! 그랑께 꽃치가 보이믄 싸게싸게 도망가야 한다, 알겄냐?"

꽃치를 보는 순간, 아이들은 자기도 모르게 어른들의 말을 떠올린다. 그래서 그가 나타나기만 하면 도망가기에 바쁘다.

나는 얼른 사립문을 닫고 부엌으로 뛰어든 다음, 부엌문 뒤에 숨었다. 그가 다가오기 전에 재빠르게 숨기는 했지만, 그가 우리 집으로 들어오지나 않을까 해서 마음이 조마조마했다.

어른들은, 특히 집 안에 어른이 없을 땐 그가 먹을 것을 달라고 해도 주면 안 된다고 아이들에게 단단히 일렀다. 동냥을 핑계로 아이들에게 어떤 해코지를 할지 모르기 때문이었다.

동생은 덜덜 떨며 자꾸 나를 쳐다보았다. 나 역시 겁이 꽤나 났지만, 그렇다고 동생 앞에서 그런 내색을 할 순 없었다. 그래서 문틈으로 바깥을 계속 내다보고만 있었다. 한참을 그러고 있었지만, 그는 나타나지 않았다. 그러는 사이 마을에 나가 있던 누렁이가 돌아와 부엌문을 닫고 숨어 있는 우리가 이상한지 자꾸 문짝을 긁어 댔다.

나는 더 이상 그러고 있을 필요가 없을 것 같아 부엌문을 살짝 열었다. 사립문 너머에서도 아무런 인기척이 없었다. 나는 동생 손을 잡고 마당으로 나왔다. 마당엔 봄볕이 눈부시게 쏟아져 내리고 있었다. 아이들 노는 소리가 들리는 성싶어 밖으로 나갔다.

꽃치는 그새 마을을 한 바퀴 다 돌아보았는지 고갯마루

에 올라가 있었다. 어쩌면 마을로 들어오다 말고 고갯마루로 되돌아갔는지도 모를 일이다.

사실 그는 어른들이 집에 없으면 마을에 잘 들어오지 않는다. 우리는 그가 좀 무섭기는 했지만, 다시 흩어지지는 않았다.

다시 꽃치의 노랫소리가 들려왔다. 그러나 아까처럼 큰 소리로 부르지 않고 나지막한 목소리로 흥얼거렸기 때문에 무슨 노래를 부르는지는 알 수 없었다.

어른들은 아이들에게 꽃치가 무서운 사람이라고 말하면서도 그의 노랫소리는 제법 들을 만하다며 칭찬을 아끼지 않았다.

"저 꽃치란 인간이 하고 다니는 꼬락서니는 숭해도 노래 하나는 솔차니 괜찮단 말이시!"

어디서 배웠는지 판소리 가락이 자연스러운 창에서부터 흘러간 유행가까지 쉼 없이 불러 댔는데, 어른들의 말을 빌리자면 부르는 노래마다 막 배운 노래가 아니라 제대로 계통을 찾아 배운 노래라는 것이었다.

그런데 알 수 없는 일은, 꽃치가 노래는 잘하면서도 말은 전혀 하지 않는다는 점이었다. 마을 어른들도 그가 말하는 것을 한 번도 본 적이 없다고 했다.

"으째 그러까? 노래는 저러코럼 잘함시로 말은 뭣 땜시 안 하까? 근디 암만 봐도 말을 할 줄 몰라서 안 하는 게 아녀. 필시 무슨 곡절이 있는갑서."

어쩌면 꽃치는 말하는 걸 잊어버렸는지 모른다. 하지만 말을 잊었다면 노래는 어떻게 하겠는가. 어른들 말마따나 노래를 잘하는 걸 보면 말도 못 하는 게 아닐 것이다. 그렇다면 무슨 사연이 있긴 있는 모양이었다.

꽃치는 밥을 얻어먹을 때에도 결코 말하는 법이 없었다. 아낙네들은 그가 자기 집에 나타나면 물어보지도 않고 무조건 그가 들고 있는 양재기에 밥을 퍼 주기만 하면 된다. 그러면 그는 좋다 싫다 말 한마디 없이, 말은커녕 헛인사로라도 눈 깜빡거림 한 번 없이 밥이 든 양재기를 들고 행랑채 댓돌 위에 앉거나 헛간에 들어가 우적우적 밥을 씹어 넘겼다.

숟가락도 없고 곁들여 먹을 반찬거리 하나 없이, 그는 아무 표정 없이 맨밥을 씹어 넘기기만 했다. 그는 오직 먹어 치워야 한다는 의무감만으로 밥을 먹는 것 같았다. 결코 밥을 맛으로 먹지 않는 것이다.

꽃치는 사시사철 망태기를 지고 다닌다. 밥을 먹을 때는 물론 잠을 잘 때도 결코 그 망태기를 벗어 놓는 법이 없다.

아마 목욕을 할 때는 망태기를 벗어 놓을지도 모른다. 그러나 그가 목욕하는 걸 본 사람은 우리 마을에선 아무도 없다.

꽃치가 지고 다니는 망태기 속에 뭐가 들어 있는지는 모르겠지만, 망태기 위엔 언제나 그 계절에 피는 꽃이 꽂혀 있다. 그래서 사람들은 그를 꽃동냥치라고 불렀다. 그러다가 언제부턴가 꽃동냥치를 줄여 부르기 시작해서 지금은 꽃치라고 부른다.

그렇다고 그가 꽃을 동냥한 적은 없다. 산에 들에 철따라 지천으로 피는 꽃을 그냥 자기 것인 양 꺾어 가지면 그만이기 때문이다.

꽃치.

그는 늘 꽃이 꽂힌 망태기와 함께 거무죽죽한 솜옷을 입고 나타난다. 여름, 겨울 가릴 것 없이 그는 두툼한 솜옷만을 고집했다. 물론 그 솜옷을 빨아 입는 걸 본 사람도 없다. 그러니 그에게선 쇠똥 썩는 듯한 냄새가 떠날 날이 없었다. 그래서 어른들은—조금 과장된 말이긴 하지만—바람결에 쇠똥 썩는 냄새가 묻어오면 그 냄새의 강하고 약함에 따라 꽃치가 지금 어디쯤 오고 있는지를 알 수 있다고 했다.

그렇다면 그는 냄새를 풍기는 사람이다. 그러나 냄새는 그만이 풍기는 게 아니다. 사람은 누구나 자신만의 냄새를 풍긴다.

할머니는 언젠가 할아버지가 벗어 놓은 삼베 적삼을 빨랫대야에 담그면서 이런 말을 한 적이 있다.

"사람에게선 그 사람에 맞는 냄새가 나는 벱이여."

그렇다면 꽃치의 냄새는 분명 쇠똥 썩는 냄새일 것이다.

부드럽고 야들야들한 기운이 손에 잡힐 듯한 봄바람이 살랑살랑 불어왔다.

아이들은 꽃치에 대한 생각도 금세 잊어버리고 다시 노는 일에 열중했다. 꽃치가 나타나기 전엔 길 막기 놀이를 했는데 지금은 비석치기를 하며 놀고 있다.

어린 동생이 자꾸 칭얼대는 바람에 노는 무리에 끼지 못한 나는 남들 노는 것을 부러운 눈길로 구경만 해야 했다.

동생이 아주 어릴 땐 아예 할머니가 매달려 애를 보았기 때문에 자유로웠다. 그런데 동생이 제법 잘 걷고 말문도 트이게 되자 그때부턴 거의 내 차지가 되고 말았다.

학교에서 돌아오면 책보는 미처 끄를 새도 없이 툇마루에 던져 놓고 동생을 데리러 가는 일부터 해야 했다. 할머니와 어머니는 들일을 나갈 때마다 동생을 데리고 갔다. 동생 손에 보릿가루빵을 쥐어 주고 밭머리에 앉혀 놓고는 일을 하는 것이다.

동생은 내가 데리러 갈 때까지 그 빵의 반은 먹고 반은 주물러서 온몸에 묻혀 가며 놀고 있곤 했다.

“형아! 형아!”

동생은 나만 보면 좋아서 어쩔 줄을 모른다. 하지만 나는 친구들과 놀 수 없어 속이 많이 상한다. 놀려고만 하면 동생을 데리고도 친구들과 놀 수는 있다. 그러나 동생이 내 꽁무니를 졸졸 따라다니는 탓에 친구들이 늘 불평을 했다.

“에잇, 훈필이 동생 땜시 거치적거려서 죽겄어.”

“알았어, 인마. 내가 빠지믄 될 거 아녀.”

그래서 동생이 있을 땐 아예 노는 무리에 끼지 않고 구경꾼이 되는 편이 차라리 속 편하다.

물론 구경꾼이라 해서 줄곧 아이들 노는 걸 구경만 하는 것은 아니다. 오늘처럼 꽃치가 마을에 나타나는 날엔 꽃치가 넘어오는 고갯마루 쪽을 쳐다보며 꽃치의 움직임을 관찰해야 한다.

그러나 난 그다지 성실한 보초는 아니다. 동생이 졸린 표정을 지으면 동생을 데리고 슬그머니 집으로 들어와 버리는 일이 많기 때문이다.

그런데 하필 꽃치가 나타난 날에 솔개가 여러 마리 나타나 이 집 저 집에서 병아리를 열다섯 마리나 채 간 일이 일어났다.

솔개는 집 안에서 인기척이 나거나 마당에 개가 있으면 좀체로 마당에 내려앉지 못한다. 그런데 그날은 꽃치가 나타나는 바람에 마을 개들이 대부분 고갯마루 쪽을 쳐다보며 짖어 대느라 집을 제대로 지키지 않았다.

개들은 낯선 냄새를 맡으면 짖어 댄다. 꽃치의 냄새는 우리 마을 개들에겐 낯설다. 그러나 그 낯섦은 하루 정도로 충분하다. 꽃치가 마을에서 하룻밤을 자고 나면 짖지 않는다. 그렇지만 꽃치가 마을을 떠났다 다시 들어오면 어김없이 요란하게 짖어 댄다. 꽃치의 냄새는 개들의 머리에 기억되지 않는 냄새일까?

아무튼 병아리를 잃어버린 책임은 어디까지나 개들, 아니 그보다는 꽃치가 져야 했다. 그런데도 그날 저녁에 혼이 난 것은 병아리가 없어진 집들의 아이들이었다.

"야 이 녀석아, 집을 볼라믄 한눈팔지 말고 눈구녁 똑바로 뜨고 제대로 봐야지 마당 짐승을 잃어버리믄 으찌께 해!"

그러나 호통만으로 끝나진 않았다. 아이들은 거의가 들일에서 돌아온 어른들 손에 들려 있던 호미나 괭이 손잡이로 머리통을 두어 대씩 얻어맞는 봉변까지 당했다. 그 결과 다음 날 머리가 깨진 아이 몇몇은 머리에 된장을 약처럼 바르고 학교에 가야 했다.

난 용케도 그날의 매타작에서 벗어날 수 있었다. 마침 동생을 데리고 다른 아이들보다 조금 빨리 집에 들어와 버린 까닭에, 우리 집 마당엔 솔개가 내려앉지 못했기 때문이다. 게다가 그날따라 다른 집 개완 달리 우리 뒤를 금세 따라 들어온 누렁이가 든든한 보초 역할까지 했으니 우리 집은 그야말로 그날만큼은 안전지대였다.

솔개가 마을에서 병아리를 약탈하던 바로 그 시간, 꽃치는 마을의 개들이 떼를 지어 짖어 대도 꼼짝 않고 고갯마루에 앉아 있었다. 마치 귀를 틀어막아 버린 사람 같았다. 어쩌면 귀보다 먼저 마음을 틀어막아 버렸는지도 모른다.

아이들을 혼낸 어른들은 이번에도 꽃치에 대해선 아무런 이야기도 하지 않았다.

"뭣 땜시 우리만 혼구녁나야 하는 거여? 따지고 보믄 우리 잘못만도 아니잖여."

머리에 된장을 바른 아이들은 그 점이 못마땅했다. 자신들이 혼난 것처럼 당연히 꽃치도 혼이 나야 했다. 그러나 어른들은 절대로 꽃치를 혼내진 않는다.

어른들은 왜 그럴까? 아이들보곤 꽃치가 해코지를 할지도 모르니까 꽃치에게 가까이 가지 말라고 단단히 이르면서도 정작 어른들은 꽃치에게 너무 잘해 준다. 그러한 까닭에 꽃치는 아주 당연하다는 듯이 끼니때면 집집마다 돌아다니며 밥을 얻어먹고 저녁이면 헛간에서 잠까지 자는 것이었다.

곱게 잠만 자느냐 하면 그것도 아니었다. 꽃치는 밤늦도록 부지깽이 같은 막대기를 두드리며 청승맞은 노래를 풀어 냈다.

꽃치가 자고 가는 집의 아이들은 밤에 오줌이 마려워도 밖에 나가지 못하고 참아야 한다. 꽃치의 노래를 밤에 들으면 마치 귀신 울음소리처럼 들리기 때문이었다.

"으이구, 저 소리만 들으믄 으시시혀."

귀신 울음소리를 들어 본 적은 없지만, 아마도 귀신 울음소리는 꽃치가 밤에 부르는 노랫소리 같으리라.

만장하신
여러분

바람이 불고 있었다.

빨랫줄에 널어놓은 빨래들이 바람이 지나갈 때마다 풀럭풀럭 소리를 내며 너풀거렸다.

집에 어른들은 한 사람도 없었다. 학교에서 집으로 돌아왔을 때 어른들이 없는 건 당연한 일이다. 그러나 나는 번번이 너무나 당연하게도 집에 누군가가 있을 거라고 기대하게 된다.

어느 농촌 마을이든 다 그렇겠지만 우리 마을에서도 정신이 멀쩡하고 수족을 놀릴 수 있는 사람이면 모두 다 들에 나가서 일을 한다.

우리 마을 어른들 가운데 들에 나가 일을 하지 않는 사람은 은주 고모와 팽나무집 영감님뿐이다. 은주 고모는 시집 갔다가 아이를 못 낳는다고 남편에게 두들겨 맞고는 얼이 빠진 채 친정으로 돌아왔다. 팽나무집 영감님은 올해 아흔 살로 똥오줌을 다 받아 내야 한다.

나는 부엌에 들어가 대소쿠리에 담겨 있는—소쿠리 바깥 쪽으론 파리 떼가 시커멓게 달라붙어 있었다—식은 보리밥을 한 대접 가득 덜어 내 시어 빠진 열무김치와 고추장을 비벼 달게 먹었다. 아무도 나를 위해 따로 상을 봐주거나 먹을 것을 챙겨 놓지 않는다. 학교 갔다 와서 배고프면 알아서 챙겨 먹으면 그만이다.

1학년부터 3학년까지의 아이들은 오전 수업만 했으므로 배창자가 등가죽에 달라붙기 전에 집에 돌아올 수 있다. 그런데 4학년 이상은 학년에 따라 일주일에 두어 번에서 서너 번씩 오후 수업을 한다. 그것도 금요일에는 특활 시간이 끼여 있어 보통 6교시를 더 넘겨야 집에 돌아올 수 있다.

하지만 대부분의 아이들은 도시락을 싸 갖고 다닐 형편이 못 돼 주린 배를 움켜쥐고 있다가 집에 가서 먹어야 한다. 어머니들이 아침에 덜 바쁘면 보리밥이나마 싸 줄 수도 있을 것이다. 그러나 농촌의 아침 시간은 아이들의 도시락을 싸 주며 여유를 부릴 만큼 한가하지가 않다.

6학년이 된 뒤, 나는 학교에서 돌아와 밥을 먹고 나면 곧바로 학기 초에 열리는 웅변대회에 나가기 위해 빈 집에서 혼자 웅변 연습을 했다.

웅변 원고는 담임 선생님이 미리 써 준 것이었다. 나에게만 특별히 써 준 것이 아니라 우리 반 57명 모두가 똑같은 내용이었다.

"자 반장, 이리 나와서 이 웅변 원고 나눠 주도록 해요. 그리고 여러분은 원고를 받으면 모두들 열심히 웅변 연습을 하도록 해요! 여러분 중에서 제일 잘하는 사람을 대회에 내보낼 거니까요."

원고의 내용은 이순신 장군의 정신을 이어받아 우리 모두 승공 통일의 역군이 되자는 것이었다. 우리는 '통일'이란 말은 잘 알고 있어도 '승공'이란 말은 아직 무슨 말인지 잘 몰랐다. 그래서 '이순신 장군은 통일에도 관련이 있을 정도로 대단한 분이구나.' 하고 막연히 짐작만 할 뿐이었다.

모르는 말은 그것만이 아니었다. 원고 중간중간에 튀어나오는 '만장하신 여러분!'이라는 말은 도통 알아먹을 수 없는 말이었다. 그런데 선생님은 바로 그 대목이 가장 중요하다고 했다.

"여러분에게 나눠 준 원고를 보면 군데군데에 '만장하신 여러분!'이라는 말이 있어요. 바로 그 대목을 외칠 때에는 손으로 탁자를 힘 있게 치며 단상 아래를 죽 훑어보도록 해요. 웅변은 입으로만 하는 게 아니고 온몸으로 하는 거예요. 그래서 웅변을 할 땐 이런 데가 가장 중요해요."

거기에 덧붙여, 몸으로 하는 웅변 기술이라며 하나 더 가르쳐 준 것이 있는데, 원고 끝부분에 있는 '이 연사, 여러분께 간절히 간절히 호소합니다.'를 외칠 땐 양손을 밑에서부터 위로 천천히, 그러나 힘있게, 쌀가마니를 들어올리는 듯한 동작을 하며 애절하게 하라는 것이었다.

나름대로의 웅변 기술을 가르쳐 준 담임 선생님은 이번 웅변대회에서 반드시 우리 반 대표가 우승자가 되어야 한다면서 과거의 전적까지 들먹이며 다그쳤다.

"선생님이 전에 있던 도시 학교에서도 그 원고와 그 웅변 기술로 내가 가르치던 반 대표가 시 대항에 학교 대표로까지 나가게 되었어요, 듣고 있어요? 그러니까 내가 가르쳐 주는 대로만 하면 돼요."

나는 남 앞에 잘 나서지 못하는 성격이지만, 이번 웅변대회만큼은 꼭 나가고 싶어 반 대표가 되기 위해 밤에도 방문을 열어 놓고 마당 쪽을 향해 소리를 지르며 연습을 했다.

그렇게 열심히 연습한 보람이 있어 나는 우리 반 대표로 뽑혔다. 그러나 사실 경쟁을 통해 뽑힌 것은 아니었다. 다른 아이들은 웅변대회에 별 관심이 없어 아무도 웅변 원고를 외우지 않아 내가 나가게 된 것이었다.

물론 나도 웅변에 특별한 관심이나 재능이 있는 건 아니었다. 단지 내가 좋아하는 은주에게 이번 기회에 무언가를 보여 주고 싶어 밤마다 웅변 연습을 해댄 것이었다.

우리 학교는 한 학년에 두 반씩 있다. 1학년부터 3학년까지는 남학생과 여학생을 섞어서 두 반이고, 4학년부터 6학년까지는 남학생 한 반, 여학생 한 반으로 되어 있다. 웅변대회는 아직 어린 1학년만 빼고 2학년에서 6학년까지 한 반에 한 명, 그러니까 모두 열 명의 대표가 겨루게 되었다.

그런데 하필 웅변대회가 있기 전날에 꽃치가 우리 집 헛간에서 잤다.

나는 꽃치가 무서워 큰 소리로 웅변 연습을 하지 못했다. 오줌이 마려워도 누러 나가지 못하고 날이 새도록 퉁퉁 불은 꼬추를 붙잡고 뒹굴다 잠을 설치고 말았다.

나는 아침을 먹는 둥 마는 둥 하고 학교에 갔다.

웅변대회는 2교시 수업을 마친 뒤 시작했다. 마침내 내

차례가 되어 연단에 올라가자 전교생의 눈길이 나에게 쏟아졌다. 나는 웅변을 시작하기 전에 먼저 목청을 가다듬었다. 그러고선 그동안 외운 대로 첫 대목을 막 내지르려는데, 어이없게 아무 생각도 나지 않았다. 집에선 그런대로 잘 떠오르던 원고 내용이 전혀 생각나지 않는다는 게 이상했다.

그러나 마냥 그러고 서 있을 수만은 없어 원고를 들고 읽기 시작했다. 그 탓에 선생님이 가르쳐 준 '웅변 기술'을 발휘하기는커녕 원고를 국어책 읽듯 마구 읽어 내려가기에도 바빴다.

아이들의 웃음소리가 들려왔다.

"야 훈필이 저 녀석, 웅변하는 거냐, 국어책 읽는 거냐?"

"내려와라, 내려와! 우리 반 챙피 그만 시키고 내려와라잉! 1학년짜리가 해도 너보단 낫겄다, 인마."

아이들의 조롱 소리와 함께 눈앞에서 운동장이 출렁거리는 것 같아 애써 몸의 중심을 잡았다. 하늘에서 비라도 쏟아져 원고를 다 읽기 전에 웅변대회가 중단되는 기적이 일어났으면 하는 마음뿐이었다. 그러나 그런 기적은 끝내 일어나지 않았다.

웅변대회가 엉망으로 끝나는 바람에 나는 그날 이후 한동안은 은주 얼굴을 제대로 쳐다보지도 못하고 말았다.

웅변대회를 망치고 난 뒤 얼마 동안은 꽃치가 무지무지하게 미웠다. 그러나 밤 잔 원수 없다고 시간이 지나면서 그 미움도 차츰 사그라들고 말았다. 또 미움이 사그라들면서 꽃치에 대한 무서움도 전보다는 덜해졌다.

물론 꽃치에 대한 경계심을 완전히 풀지는 않았다. 사실 꽃치는 어른들의 말이나 우리의 걱정과는 달리 아이들에게 결코 해코지를 하지 않았다. 그러나 언제 어떻게 태도를 바꿀지 몰라 어른들이 없을 땐 결코 꽃치 가까이에 가지 않았다.

꽃치가 얄미웠던 그만큼 차츰 그의 노랫가락에 흥미를 갖게 되었고, 나아가 꽃치라는 사람이 궁금해지기 시작한 건 사실이었다.

밥 먹고 노래할 때 말곤 결코 입을 열지 않고, 목욕은커녕 세수하는 것조차 한 번도 본 일이 없는 꽃치.

나는 점점 그가 궁금해지기 시작했다. 하지만 아직은 그에게 가까이 다가갈 수 없었다.

비를 몰고 오는 바람

낮에 분 바람에 노란 감꽃이 마당 한 구석에 후두둑 떨어져 쌓여 있었다.

저녁 식사를 막 끝냈을 때, 봄바람을 타고 얼마 전 뭍으로 떠났던 은주 언니가 돌아왔다. 신고 나갔던 고무신은 뒤축이 거의 닳을 정도였고, 입고 나간 옷은 꽃치 옷 이상으로 땟국이 흘러 반들반들했다.

집을 나간 딸이 돌아오기만 하면 머리끄덩이를 다 뽑아 버리겠다고 펄펄 날뛰던 은주 어머니도 막상 돌아온 딸의 추레한 몰골을 보자, "아이고 썩을 년, 이 웬수야!"라는 말 한마디만 내뱉고는 뒤돌아서서 치맛자락으로 눈물을 훔

쳤다. 그러고는 더 이상 야단을 치지 못했다.

은주는 얼른 부엌으로 들어가서 언니가 먹을 밥을 챙겨 나왔다. 은주 언니는 숟가락을 들자마자 아무 말 없이 밥을 입으로 퍼 넣기만 했다. 마치 꽃치가 밥을 먹을 때처럼.

은주는 언니가 뭍에 나가서 무얼 하다가 돌아왔는지 궁금했지만, 언니는 뭍에서의 생활에 대해선 한 마디도 하지 않고 쓰러지듯 자리에 눕더니 그대로 곯아떨어지고 말았다.

다음날 아침 일찍 은주가 자기 어머니 심부름으로 우리 집에 쌀을 얻으러 왔다. 은주가 우리 어머니한테 말했다.

"어무니가 쌀 있으믄 좀 얻어 오라고 했는디……."

"제사도 아닌디 뜬금없이 쌀은 뭣 땜시?"

"언니가 돌아와서……."

"그려? 근디 쌀이 있는지 모르겄다."

나는 지난번 웅변대회를 망치고 나서부터 은주에게 말을 걸기는커녕 얼굴도 제대로 쳐다보지 못한 채 지내고 있었다. 그런데 은주는 그런 내 심정을 아는지 모르는지 나를 보고도 아무렇지 않은 표정이었다.

은주는 우리 어머니가 쌀 뒤주를 탈탈 털어 내주는 쌀을 바가지에 받아 가지고 돌아갔다. 나는 뭐라고 말을 붙여 보고 싶었지만 적당히 물어볼 말이 떠오르지 않아 그만두었다.

그날 아침, 은주 어머니는 은주 언니에게 특별히 쌀밥을 해 주었다.

그런 뒤 며칠이 지나자 이장집 넷째 아들이 돌아왔다. 이장집 넷째 아들은 읍내에 있는 농업 고등학교를 다니고 있었는데, 그는 이미 중학교 1학년 때부터 해마다 봄이면 한 번씩 집을 나갔다 돌아오기를 반복하고 있었다.

그 이후로 돌아오는 사람은 아무도 없었다. 가끔 그들의 뒷소식이 바람결에 묻어 날아들긴 했지만 별 신통한 소식은 없었다.

어쩌다 지서에서 나온 순경이 마을에 들러 집 나간 어떤 머시마의 뒷조사를 해 가곤 했다. 그 머시마는 틀림없이 사고를 쳐 어느 경찰서에 붙잡혀 있는 것이리라.

은주 언니는 집을 나갔다 돌아온 뒤로 얼굴에서 웃음기가 걷히고 통 말이 없어져 버렸다. 다시 들에 나가 일은 했지만, 왠지 건성으로 하는 듯했다. 틈만 나면 마을 어귀 고갯마루 쪽을 쳐다보거나 먼산바라기를 하면서 한숨만 푹푹 내쉬었다.

그런 모습을 보고 사람들은 아무래도 은주 언니가 봄바람 나서 나갔다가 몸이 상해서 들어온 것 같다고 수군댔다.

"저것이 아무래도 몸을 상해 갖고 들어온 게 틀림없어. 그러잖고선 저러코롬 얼이 다 빠질 수 있당가?"

"글씨 말이시, 묻는 말에도 통 말을 안 하니께 뭔 속인지 알 수가 있어야제. 글지만 뭔 일이야 있었겄소. 잠깐 씐 바람 기운이 아직 빠져나가지 않아서 그러겄제."

"아녀. 두고 보소만, 저 가시나 금세 또 나갈 것이여. 뭣에 씌어도 단단히 씐 눈구녁이랑께."

난 몸이 상했다는 말의 의미를 알 수 없었다. 그렇지만 은주 언니가 또 나갈 것이라고 장담을 하는 말엔 수긍이 갔다. 내가 보기에도 은주 언니는 예전과는 전혀 딴판이었으니 말이다.

아니나다를까, 얼마 후 은주 언니는 다시 집을 나가고 말았다. 이번엔 퍼 들고 나갈 보리쌀도 없었을 텐데 어떻게 여비를 마련해서 나갔는지 모를 일이었다.

"돈도 없이 뭔 재주로 배 타고 차 타고 해서 나갔으까?"

"돈이 있는지 없는지 그 가시나 뱃속에 들어가 보지도 않고 으찌께 알어? 좌우당간 가시나들은 달거리 시작허믄 벌써 뱃속에 구렁이가 몇 마리씩 들어앉은께로 그놈의 속은 알 수가 없어. 고것도 지 잇속은 다 따로 챙겨 놨겄제."

"하기사 벌써 대처 물도 한 번 먹었겠다, 그 정도 요량도 없었겠는가."

은주 언니가 어디로 갔는지는 알 수 없었다. 들리는 소문에 따르면 서울역 앞에서 봤다는 사람도 있고 목포 선창가에서 봤다는 사람도 있었지만, 그저 소문일 뿐 그 이상의 소식은 알 수 없었다.

바람이 불어왔다.

어딘지 모르게 짭조름한 바다 냄새가 배어나는 바람이었다. 마을의 개들이 모두 고갯마루 쪽을 보고 짖어 댔다. 꽃망태기를 짊어진 꽃치의 모습이 보였다.

아이고 아버지 이제 나는
하릴없이 죽사오나
아버지는 어서 눈을 떠
대명천지 다시 보고

꽃치는 예전 모습 그대로 노래를 부르며 고개를 넘어오고 있었다. 서너 발자국 뒤로 우편 배낭을 어깨에 걸머진 우체부가 보였다. 아이들은 우체부가 같이 보이자 적이 안심이 되는 눈치였다. 꽃치가 마을로 성큼성큼 들어오는데도 누구 하나 도망가지 않았다.

우체부는 은주네 집에 전보 한 장을 건네주었다.

'급상경요망영등포경찰서장.'

그 전보는 그동안 소식이 없던 은주 언니의 사망 통지서였다.

딸의 사망 소식을 듣자 은주 어머니는 거의 실신할 정도가 되어 버렸다.

"아이고, 이년아! 에미 애간장을 다 녹이는 년아!"

은주 아버지가 서울로 올라갈 채비를 했다. 마을 일에 언제나 앞장을 서는 이장이 같이 따라나섰다.

집을 다시 나간 뒤 서울 영등포역 근처의 한 술집에 취직했던 은주 언니는 취객의 추근거림을 뿌리치려고 바둥대다가 취객에게 맞은 게 잘못되어 그만 목숨을 잃고 말았다고 한다. 사람 목숨은 모질고 질긴 것 같지만 때론 파리보다도 쉽게 죽을 수 있다는 사실을 보여 주기라도 하듯이.

궁색한 살림이라 생주검을 고향까지 옮길 엄두가 나지 않아 은주 아버지와 이장이 화장을 한 뒤 뼛가루를 안고 돌아왔다.

은주 언니의 뼛가루는 주로 어린아이들의 주검만 묻는 마을 앞산 골짜기에 있는 아장골에 뿌려졌다.

은주 고모는 조카가 죽어 돌아왔는데도 무슨 영문인지

도 모르고 은주 언니의 보따리를 가슴에 안고 헤헤거리며 마을을 돌아다녔다. 자신이 소박을 맞고 친정으로 돌아올 때도 보따리 하나만 달랑 껴안고 히죽히죽 웃으며 고개를 넘어왔었다.

은주 언니의 보따리는 술집의 내실 선반에 올려져 있었다고 했다. 그 보따리에선 '구리무'라고 하는 싸구려 화장품 통 한 개와 집 나갈 때 입었던 옷, 그리고 달걀 두세 줄 값밖에 되지 않는 돈 250원이 나왔다. 은주 언니가 남긴 것은 그 보따리말곤 아무것도 없었다.

"아이고, 염병할 년! 지가 뭣이 바빠서 에미 애비보다 먼저 세상을 버려."

은주 언니는 결국 은주 어머니의 가슴에 휑하게 뚫어진 구멍만을 남겼다.

은주 언니는 열여덟 꽃 같은 나이를 펴 보지도 못하고, 이 세상에 번듯한 것 하나 남기지 못하고, 장례식도 없이 무덤도 없이 저세상으로 가 버렸다.

> 가네 가네 나는 가네
> 오늘 가면 언제 올까
> 가네 가네 어데로 갈까

이 땅을 벗어지면은 어데로 갈까

마을을 떠나 고개를 넘는 꽃치의 노랫소리가 구슬펐다.

그날 밤, 바람은 기어코 비를 몰고 와 밤새 부슬부슬 뿌려 댔다.

은주 언니가 죽은 뒤, 우리 마을은 깊은 적막감에 빠져들었다.어른들은 누구 하나 웃으려 하지 않았다. 아이들도 함부로 까불거리며 놀지 않았다.

은주 언니의 주검이 뼛가루가 되어 돌아온 뒤로는 바람결로나마 들려오던, 대처로 나간 머시마와 가시나들의 소식도 한 자 날아들지 않았다. 그나마 종종 들려오던 뒷소식이 모두 끊겨 버린 것이다. 그렇다면 아마 모르긴 몰라도 최소한 추석 명절은 되어야 머시마와 가시나들의 소식을 알 수 있을 것이다. 그때가 되면 은근슬쩍 돌아오는 이도 있을 거고, 돌아오진 않더라도 돌아온 머시마나 가시나 편에 소식 한 점 정도는 묻어 들어올 테니까.

나는 여전히 동생 보는 일로 꽤나 바빴다. 게다가 아버지가 읍내 장에 가서 사 온 염소를 기르는 일이 내 몫이 되어 조금 더 바빠졌다. 아침에 학교에 갈 때 풀이 많은 곳에 말뚝을 박아 염소를 매어 놓고 해질 무렵에야 염소를 집으로 끌고 왔다.

우리 집안 살림 형편으론 내가 중학교나 고등학교에 진학한다는 게 무리였다. 아버지 말로는 온 식구가 매달려 뼈 빠지게 농사를 지어 봐야 겨우 입에 풀칠하고 나면 남는 게 아무것도 없다고 했다.

"옛말 그른 것 하나도 없어. 농투성이는 빚투성이라더니, 이놈의 농사 백날 지어 봐야 남는 게 뭐 있다냐? 두더지가 성님 할 만큼 밤낮없이 땅바닥 헤집어도 목구멍에 거미줄이나 안 치면 다행이지……. 그나저나 앞으로 으찌께 사끄나."

아버지는 농사를 짓느라 해마다 빚이 늘어서 이대로 가다간 살아 있는 목숨도 자기 것이 아니게 될지 모른다고 틈이 날 때마다 탄식을 했다. 그런데도 배운 게 도적질이라고, 농사말곤 다른 것은 할 수 있는 게 아무것도 없었다.

"배운 게 있나, 가진 게 있나. 세상 두 쪽 나기 전엔 죽을 때까지 흙이나 주무르다 갈 이놈의 팔자!"

그래서 아버지는 술이라도 한잔 걸치는 날이면 어김없이 읍에 있는 농업 고등학교 타령을 했다.

"훈필이 니는 으찌께 하든지 농업 고등학교를 나와야 된단 말이여. 그래야만 흙구덩이에서 똥물 묻히지 않고 살 수 있는 것이여, 크으! 훈필이 너, 이 애비같이 되지 않을라믄 농업 고등학교라도 꼭 댕겨야 한단 말이여."

이 촌구석에선 농업 고등학교만 나와도 면서기나 농산물 검사원, 아니면 최소한 산림 감시원은 할 수 있다는 이유에서였다. 그런데 문제는 돈이었다. 그래서 아버지는 궁리 끝에 염소를 사 온 것이었다.

"자 훈필아, 이 염소를 잘 키워서 새끼 좀 늘려 봐라. 그래야 니가 중학교도 가고 고등학교도 갈 수 있는 것이여. 염소는 순한 짐승인께 기르기가 그리 어렵진 않을 것이여."

나는 곧 염소와 친해졌다. 염소가 내 학비 밑천이 된다는 기대감에서가 아니라 '음메에에—' 하는 울음소리가 왠지 좋아서였다.

염소의 울음소리는 꾸밈과 속임이 없어서 참 듣기 좋다. 아니, 어쩌면 울음소리가 아니고 웃음소리인지도 모른다. 아니, 웃음소리도 아니고 염소의 말인지도 모른다. 맞다, 염소의 처지에선 '음메에에—' 하는 것이 무언가 자기네들끼리 주고받는 말인지도 모른다.

하지만 우리 사람들은 짐승들이 내는 소리는 모두 운다고 생각해 버린다. 소도 울고, 호랑이도 울고, 부엉이도 울고, 개구리도 울고, 까치도 울고, 매미도 울고, 닭도 운다. 절대로 웃는다거나 말한다고 하지 않는다.

난 공부는 그럭저럭 하는 편이다. 그렇다고 공부를 좋아하는 것은 아니다. 공부보다는 당연히 노는 일이 더 즐겁다. 그런데도 내가 공부를 그럭저럭 한다고 표현하는 것은 다른 아이들보다 성적 순위가 조금 앞자리에 있어서이다.

그러나 학업 성취도인가 뭔가 하는 식으로 진짜 실력을 따져 본다면 내 실력은 아마 형편없을 것이다. 사실 학교에 갔다 와도 책보 한번 끌러 보지 않고 방구석에 처박아 두었다가 그 뒷날 그대로 들고 학교에 가는 형편에 공부 어쩌고 저쩌고하는 말을 하는 것 자체가 무안한 일이기도 하다.

은주는 언니가 죽고 난 뒤 갑자기 딴사람이 된 것 같았다. 아이들과 어울려 놀지도 않고 학교도 곧잘 빠지는 눈치였다.

그런데 은주네 집에서 영판 딴사람이 된 건 은주만이 아니었다. 은주 어머니는 밥을 짓다가도 걸핏하면 검은 솥뚜껑을 부엌 바닥에 내동댕이치기 일쑤였다.

"아이고, 썩을 년! 에미 애간장을 이렇게 녹이냐."

평소에 거의 말이 없던 은주 아버지는 더욱 말이 없어졌다. 술이나 한잔 입에 들어가야 겨우 입을 여는데, 그때도 타는 속을 감출 수 없어 어쩔 수 없이 내뱉는 말 한마디면 그만이었다.

"허허! 뭔 베락이여, 베락이……."

은주네 집에서 예전과 똑같은 사람은 아마 은주 고모뿐일 것이다. 은주 고모는 예나 지금이나 헤헤거리며 마을 고샅을 쏘다니기도 하고 가끔은 옷을 홀랑 벗어던지고 부지깽이로 세숫대야를 두드려 대며 날뛰었다. 그런 날이면 영락없이 비가 내렸다. 그래서 사람들은 은주 고모의 그런 짓을 '날궂이'라고 불렀다.

나는 은주에게 언니의 죽음에 대해 뭐라고 위로의 말을 건네고 싶었지만 그럴 기회가 좀체 나지 않았다. 동생을 돌보고 염소를 기르는 일만으로도 꽤 바빴지만, 머릿속은 온통 은주 생각뿐이었다. 그래서 염소를 데리고 산에 오르내릴 때마다 산으로 가는 밭둑이나 산언덕에 삐비가 있으면 뽑아 모았다. 그것도 될 수 있으면 씹기에 부드러운 여린 순만 모았다. 기회를 보아 은주에게 주고 싶어서였다.

삐비는 씹으면 씹을수록 껌같이 된다. 그냥 씹기가 심심하면 소금을 넣고 씹으면 맛이 한결 괜찮다. 송진 냄새가 나는 껌보다 오히려 맛이 괜찮은 것이 삐비껌이다.

나는 은주에게 삐비를 선물해 주고 싶었다. 그러나 은주에게 전해 줄 기회를 잡지 못하고 번번이 모아 두었던 삐비를 내가 씹어 없애야 했다.

쉬는 시간마다 은주네 반 교실 복도에서 창문을 넘겨다보기도 하고 어떤 때는 은주네 집 담을 넘겨다보기도 하며 혹시 은주와 자연스럽게 부딪칠 기회가 없을까 하고 기다렸다.

그러나 애타는 내 마음과는 달리 은주에게 다가가는 건 쉽지 않았다.

은주 신랑

아침엔 날이 맑았으나 학교가 끝날 무렵이 되자 하늘이 끄무레해졌다. 나는 산에 매어 놓은 염소가 걱정되었다. 그래서 마지막 수업 시간 내내 하늘만 쳐다보다가 담임 선생님에게 주의를 받았다.

수업이 끝나고 청소 시간이 되자 하늘에선 기어코 비가 쏟아졌다.

'하필 이런 때 청소 당번에 걸릴 게 뭣이다냐.'

나는 속으로 투덜대면서 조바심을 내며 교실 청소를 마칠 수밖에 없었다.

청소가 끝나자 책보를 등 뒤에 비스듬히 둘러메고서 걸

옷을 입었다. 내 요량으론 책이 비에 맞을까 봐 책보 위로 겉옷을 걸친 것이다.

우산도 없이 빗속을 내달렸다. 운동장을 대각선으로 가로질러 교문 쪽으로 뛰었다. 교문을 나와 우리 마을로 가는 길 쪽을 바라보니 저 멀리 아이들이 가고 있었다. 나는 아이들을 따라잡기 위해 더욱 힘껏 내달렸다.

빗줄기는 더욱 거세졌다. 아이들은 비를 피하려고 길 옆 낡은 원두막 밑으로 들어가고 있었다. 숨이 턱에 닿을 만큼 뛰고서야 겨우 아이들을 따라잡았다.

원두막은 작년에 쓰고 아직 수리를 하지 않은 탓에 지붕 곳곳에서 빗물이 떨어지고 있었다.

아이들은 서로 몸을 웅크리며 자리다툼을 했다. 그곳엔 은주도 있었다. 자리다툼을 하던 아이 가운데 한 녀석이 은주를 보며 엉뚱한 말을 했다.

"야 은주야, 오늘 아침에 느이 고모가 또 날궂이 했는가 비여?"

그러면서 그 아이는 옷을 홀라당 벗는 시늉을 했다. 갑자기 아이들이 "와!" 하고 웃어 댔다. 은주는 얼굴이 빨개져서 아무 말도 하지 못했다. 나도 덩달아 얼굴이 화끈거리고 무안해졌다.

그 녀석은 거기서 그치지 않고 평소에 은주 고모가 헤헤거리는 모습을 흉내 냈다. 아이들은 이번엔 박수까지 치며 깔깔댔다. 은주는 아무 말도 못 하고 거의 울상이 되어 버렸다.

그때 내가 소리를 꽥 질렀다. 어디서 그런 용기가 났는지 모른다.

"야, 그만 안 할 것이여! 불쌍한 사람을 그렇게 놀리는 법이 어딨어? 은주 고모가 니보고 밥을 달라 하던, 떡을 달라 하던?"

그러자 그 아이는 기다렸다는 듯이 나에게 화살을 돌렸다.

"어? 누가 훈필이 지보고 은주 신랑 아니랄까 봐 은주 편들고 있네! 야, 은주 니는 좋겄다. 벌써부터 편들어 주는 신랑도 있고!"

그 말에 아이들은 배를 잡고 웃으며 뒹굴었다. 아이들로선 아마 은주 언니가 죽고 난 뒤 가장 큰 소리로 깔깔거리는 소리였을 것이다. 아이들이 데굴데굴 구르는 바람에 원두막이 흔들거렸다.

은주가 마침내 울먹거리며 빗속으로 걸어 나갔다. 그제야 아이들은 웃기를 멈추고 서로의 얼굴을 쳐다보았다.

그날 이후 내 별명은 '은주 신랑'이 되고 말았다.

나도 계속 거기에 있을 기분도 아니고 염소를 데리러 가야 한다는 생각이 퍼뜩 떠올라 원두막을 나왔다.

저만치서 은주가 고개를 숙인 채 좁은 어깨를 들먹이며 걸어가고 있었다. 다른 아이들의 눈길만 아니라면 재빨리 뛰어가서 은주를 달래 주고 싶었지만 그럴 용기가 나지 않았다. 나는 은주와 다른 길을 잡아 염소가 있는 산으로 곧장 뛰어가기 시작했다.

염소는 비를 다 맞으며 서 있었다. 내 기분 탓이기도 하겠지만, 비에 젖은 털이 몸에 찰싹 달라붙어 버려서 염소는 무척 조그맣고 처량해 보였다.

"비에 젖은께 염소가 아닌 것 같다야."

나는 염소를 껴안았다. 염소는 덜덜 떨고 있었다. 나는 얼른 염소의 고삐가 매여 있는 말뚝을 뽑았다.

염소를 앞세우고 산을 내려왔다. 은주는 그새 집으로 들어갔는지 보이지 않았다.

마을 어귀에 다다랐을 때 아이들과 다시 부딪쳤다. 아이들은 나를 보자 이번엔 염소와 관련지어 놀려 댔다.

"야, 염소 애비. 아주 잘 어울린다야, 잘 어울려! 옛날 옛날 비 오는 날에 염소와 염소 애비가 나란히 길을 가다가 웅덩이에 풍덩 빠져 뿌렀대!"

아이들은 뭐가 그리 재미있는지 나를 보며 깔깔댔다. 그러든 말든 나는 들은 척도 하지 않고 염소를 몰고 집으로 들어갔다. 어른들도 비를 피해 들에서 막 돌아와 있었다.

헛간에 염소를 매어 놓은 뒤 내 방으로 들어가 책보를 풀어 내려놓고 젖은 옷을 벗었다. 책도 젖고 몸도 마음도 다 젖어 있었다. 한기가 느껴졌다. 마른수건으로 몸을 닦고 새 옷으로 갈아입었다.

오랜만에 어머니가 차려 주는 점심을 먹을 수 있었다. 게다가 어른들이 모두 집에 있어 오후엔 동생을 돌보지 않아도 되었다.

할머니가 눅눅하다고 방마다 군불을 때 준 덕분에 방바닥이 제법 따끈했다. 나는 젖은 책을 대충 펴서 방바닥에 넌 뒤 아랫목에 배를 깔고 엎드렸다. 비를 맞은 뒤끝에다 밥까지 배부르게 먹은 터라 몸이 풀어지면서 스르르 잠이 몰려왔다.

얼마나 잤을까? 염소가 웅덩이에 빠지려는 것을 있는 힘을 다해 건지려고 애를 쓰다가 힘이 거의 빠지는 순간에 잠을 깼다.

나는 깜짝 놀라 일어나서 방문을 열고 뛰쳐나갔다. 여전히 비가 오고 있었다. 헛간으로 가니 염소는 내가 매어 놓은 그대로 있었다.

나는 가슴을 쓸어내린 뒤 염소를 껴안았다. 그새 젖었던 털이 다 말라 있었고, 아까 산에서와는 달리 떨지도 않았다. 염소의 털을 빗질하듯 머리 쪽에서 엉덩이 쪽으로 손으로 쓸어 주었다.

염소는 기분이 좋은지 '음메에에—' 했다. 이 소리는 분명히 우는 게 아니고 기분이 좋다고 대꾸하는 소리일 것이다. 나는 마른 보릿짚을 양팔 가득 가져다 깔아 주었다.

"야, 너도 꼬실꼬실한 게 좋으냐?"

염소는 발로 보릿짚을 마구 헤집는 걸로 대답을 대신했다.

그날 저녁은 마실을 가지 않았다. 낮에 아이들이 나를 놀린 게 불쾌했기 때문이다. 그런데 이상한 것은 아이들이 나보고 은주 신랑이라고 한 게 한편으론 불쾌하면서도 한편으로는 야릇한 기분이 드는 점이었다.

나는 한 번도 아이들에게 은주를 좋아한다고 말한 적이 없다. 그런데도 아이들은 내 속을 어떻게 들여다보았는지 은주 신랑이라고 놀렸다. 그것도 은주가 같이 있는 곳에서.

아이들이 어떻게 내 마음을 알았을까? 내 얼굴에 '나는 은주를 좋아한다.'고 쓰여 있기라도 한 것일까? 그럴 리는 없다. 그렇다면?

아마 사람은 누구를 좋아하거나 싫어하면 그 감정이 자기도 모르게 나타나는가 보다. 아니면 소리 없는 방귀가 더 구린 것처럼 이미 나한테서 묻어나는 어떤 낌새를 마치 구린 방귀 냄새 맡듯이 맡아 냈는지도 모른다. 내가 전혀 내색한 일이 없는데도 말이다.

나중에 알고 보니 아이들은 이미 내가 은주네 집을 기웃거리는 것과 은주네 교실 앞 복도를 어정거리는 걸 다 알고 있었다.

어쨌든 원두막 사건으로 인해 은주에게 내 존재를 뚜렷하게 확인시켜 줄 기회는 얻은 셈이었다. 그리고 아이들에게선 은주와 나의 관계를 공개적으로 인정받은 셈이 되었고.

은주와 나의 관계는 무엇인가?

나의 일방적인 짝사랑이다. 손바닥도 서로 마주쳐야 소리가 나고 위아래 이빨도 서로 부딪쳐야 음식을 씹을 수 있는 건데, 은주와 나는 학교에 들어가기 전 같이 소꿉장난하던 시절 이후론 둘이 마주 보고 정다운 이야기를 나눠 본 적도 없으니, 사실 특별히 어떤 사이라고 할 수도 없다.

아무튼 그날은 이래저래 뜻깊은 날이었다. 아니, 그렇게 생각이라도 하고 싶었다.

다음 날 아침, 언제 비가 왔었냐는 듯 날씨는 활짝 개어 있었다. 아침밥을 먹은 뒤 방바닥에 널려 있는 책을 다시 거둬 책보자기에 쌌다. 책은 다 마르긴 했지만 물에 불어 부푼 상태로 말라 버려서 볼품 없이 꾸깃꾸깃해져 있었다.

어제 일이 떠올라서 학교 가기가 좀 찜찜했다. 그러나 그렇다고 학교에 안 갈 수도 없는 노릇이었다.

'에이, 모르겄다. 이럴 땐 덮어놓고 부딪쳐 보는 것이 제일이여.'

나는 마음을 야무지게 먹고 염소를 끌고 집을 나섰다.

학교 가는 길에 우리 반 아이들은 마주치지 않고 5학년 아이 하나를 만났다. 그 아이는 다짜고짜 "훈필이 형, 형이 은주 누나 신랑이람시롱?" 하고 물었다.

나는 굳이 변명하지 않았다. 사실 변명을 하고 말고 할 일도 아니었다.

염소를 산에 매어 놓고 학교에 갔더니 우리 마을 아이들이 모두 와 있었다. 그 아이들이 벌써 입을 놀려서 이미 소문이 쫙 퍼져 있었다.

수업 시간 내내 우리 마을 아이들을 하나씩 쳐다보았다.

그때마다 아이들은 나를 향해 혀를 쑥 내밀며 속으로 킥킥거리는 시늉을 했다.

'저걸 그냥…….'

그러나 어떻게 해 볼 방법이 없었다. 무슨 이유에서인지는 몰라도 아이들이 이미 나를 따돌리려고 작정을 했으니 당분간 따돌림을 당하는 수밖에 다른 도리가 없었다.

이런 일을 선생님한테 털어놔 봐야 나만 고자질한 놈이 되고 만다. 오히려 이마빼기에 피도 안 마른 놈이 어른들 흉내 내며 연애질이나 한다고 야단맞기 십상이다. 그것도 잘해야 야단이지 자칫하면 변소 청소다. 그러면 나만 더욱 웃음거리가 되고 만다.

내가 연애 사건의 주인공이 된 것을 담임 선생님한테 스스로 고백한다면, 선생님은 짐짓 얼굴이 하얗게 질리는 척하면서 가정 교육이 어떻고 공부가 어떻고 하면서 최소한 한 시간 반은 장광설을 늘어놓을 것이다. 그리고 다음 날엔 아예 나를 핑계 삼아 반 전체 아이들에게 정신 교육을 시키느라 수업을 한 시간도 하지 않을지도 모른다.

우리 선생님은 정신 교육 시키기를 좋아한다. 걸핏하면 우리보고 책상 위로 올라가 무릎 꿇고 앉으라고 한 다음 정신 교육을 시킨다. 특히 잘 들먹이는 게 나라의 일꾼이 되어야 한다는 내용이다.

"여러분은 지금 정신 상태가 썩어 있어요. 그런 정신을 가지고 앞으로 어떻게 나라의 일꾼이 되겠다는 거예요? 화랑정신을 본받아야 돼요! 세종대왕의 정신을 본받아야 돼요! 충무공 이순신 장군의 정신을 본받아야 돼요! 유관순 열사의 정신을 본받아야 돼요! 그런 분들의 정신을 본받아야 나라의 일꾼이 될 수 있는 거예요."

선생님이 그 말을 하도 자주 해서 한번은 어떤 녀석이 "우리는 나라의 일꾼이 되지 않고 집안의 일꾼이 될 것입니다!"라고 큰 소리로 대꾸했다가 아예 운동장으로 내몰려 오리걸음으로 운동장을 다섯 바퀴나 돈 적도 있다.

한번 정신 교육이 시작되었다 하면 선생님이 아는 역사적 인물이 다 나와야 끝이 난다. 세종대왕, 이순신 장군, 유관순 열사는 가장 자주 들먹이는 단골손님이고, 문익점과 김정호에 이어 때에 따라선 대원군까지 들먹이기도 한다.

뿐만 아니라 어떤 때에는 다른 나라의 위인까지 다 불러내서 정신 교육을 시킨다. 조지 워싱턴 정신, 링컨 정신, 케네디 정신, 처칠 정신, 나폴레옹 정신, 톨스토이 정신, 공자 정신, 맹자 정신…….

그렇게 정신 교육을 받고 나면 우리는 정신이 바로잡히

기는커녕 오히려 정신을 못 차리게 된다.

그런 선생님에게 내가 무엇 때문에 자발적으로 나서서 고생을 자초하겠는가? 그러느니 친구들이 놀려 대고 따돌리는 것을 견뎌 내는 게 훨씬 낫다.

그날은 청소 당번이 아니어서 수업이 끝나자마자 잽싸게 책보를 챙긴 뒤 교실을 빠져나왔다. 교문을 나서자 답답했던 가슴이 탁 트이는 기분이었다.

나는 집으로 가지 않고 산으로 갔다. 산으로 가는 길 옆 밭둑의 울타리를 이룬 찔레나무에 하얀 찔레꽃이 하나둘 피어나기 시작했다. 누가 일부러 심은 적도 없는데 밭둑의 울타리로 스스로 자라 있는 찔레나무. 찔레나무는 그 자리가 아주 잘 어울렸다.

나는 찔레나무의 가시를 피하며 여린 찔레순을 꺾어 입에 물고 걸어갔다. 배에서 쪼르륵 소리가 났다. 갑자기 은주 생각이 났다.

'은주헌티도 찔레순을 꺾어다 줄까? 아녀, 은주헌틴 물병에 꽂아 놓으라고 찔레꽃 줄기를 몇 가닥 꺾어 주는 게 좋겄어. 근디 가시가 있은께 조심해서 다뤄야 될 틴디…….'

그 순간, 염소가 나를 보고 아는 체를 하며 '음메에에—'

했다. 나는 은주 생각을 떨치고 염소에게로 달려갔다.

이런 날엔 사람 친구보다 염소 친구가 훨씬 더 정답다.

이삭 줍는
사람들

봄이 무르익을 대로 익었다가 금세 수그러지고 여름 첫머리에 가까워졌다. 모내기 준비를 하느라 새벽부터 집 안이 소란하고 부산했다. 할머니와 어머니는 품앗이꾼들에게 줄 새참을 장만하느라 바빴고, 할아버지와 아버지는 쟁기와 써레 같은 것을 챙기느라 바빴다.

보리타작이다 모내기다 하는 때에는 부지깽이 힘이라도 빌려 써야 할 정도로 바쁜 탓에, 그런 때엔 나도 학교에 빠지고서라도 집안일을 도와야 한다.

농번기 방학이 들어 있는 주에 모내기를 하면 학교에 빠지지 않아도 된다. 그런데 우리 집 모내기 일정이 다른 집들보다 조금 일찍 잡히는 바람에 나까지 학교를 빼먹으며 잔일을 도와야 하는 것이다.

사실 핑계만 있으면 어떻게든 학교에 가고 싶지 않기도 했다. 아이들과 어울리는 게 아직은 껄끄러웠으므로.

일찌감치 염소를 산에 매어 놓고 못자리 논으로 갔다. 품앗이하러 온 아주머니들이 모판에서 모를 찌고 있었다. 내가 당장 할 일은 모판에서 쪄 낸 모를 논둑으로 내는 일을 돕는 것이다.

바지를 걷어붙이고 무논으로 들어갔다. 발바닥에 밟히는 미끌미끌한 흙의 감촉이 좋았다.

맨땅보다 물 속에서 하는 일은 힘이 배로 더 든다. 게다가 종아리엔 거머리가 쉴새없이 달라붙는다. 가끔은 물뱀도 종아리를 문다. 다행히도 물뱀은 독은 없지만, 물리면 징그럽고 소름이 끼치는 건 피할 수 없다.

우리 집 모내기를 하고 나면 어머니, 아버지는 바로 그다음 날부터 다른 집 모내기를 해 주러 다녀야 한다. 말하자면 우리 모내기를 도우러 온 집의 품을 갚아야 하는 것이다.

그러다 보니 어른들은 자기 집 일에, 남의 집 일에 그야말로 하루도 쉴 날이 없다. 그걸 생각하면 꾀부리지 않고 어른들을 열심히 돕는 것이 효도다. 그런데도 일을 하다

보면 힘이 들어 꾀가 난다.

어른들은 이 지긋지긋한 일을 사시사철 어떻게 하고 사는지 모르겠다. 그래서 철이 들 만한 머시마와 가시나들이 기를 쓰고 대처로 도망가려 하는지도 모른다.

어른들은 공부를 하면 징글징글한 농사일에서 벗어날 수 있다고 입버릇처럼 말한다. 그러나 공부하는 것은 일하는 것보다 더 징글징글하다. 또 어른들은 말로는 공부해라 공부해라 하지만, 아이들을 공부만 하게 놔 두느냐 하면 그것도 아니다. 어른들은 아이가 대여섯 살만 되면 벌써 부릴 만한 일은 다 부려 먹기 시작한다. 아이들도 밥값을 하려면 하다못해 마당에 널어 놓은 우케라도 뒤적여야 한다는 걸 눈치코치로 이미 알고 있다. 그래서 어른들 잔소리가 떨어지기 전에 미리 알아서 하는 습성이 몸에 배어 있다.

점심때가 거의 다 되었다. 할머니와 어머니가 못밥을 머리에 이고 들로 걸어오고 있었다. 나도 제법 시장했다. 조금 있으면 학교에 갔던 아이들 가운데 몇몇은 들로 못밥을 먹으러 올 것이다. 우리 마을엔 예부터 모내기 땐 한 사람만 일하러 와도 점심과 저녁은 온 식구가 다 몰려와서 먹는 게 풍습이 되어 내려오고 있다.

나는 은근히 그 시간이 기다려지기도 하는 한편 피하고

싶기도 했다. 은주 어머니, 아버지가 일을 하러 왔으니 은주도 올 거라는 기대감이 있는가 하면, 요즘 나를 놀려 댄 아이들도 몇 명 오게 될 것에 대한 거부감 때문이었다.

모내기꾼들은 오전 일을 마무리하고 논머리 쪽의 제법 널찍한 논두렁에 둘러앉았다. 우선 막걸리로 목부터 축였다.

막걸리잔이 한 바퀴 돌고 나자 누군가가 우리 아버지를 보며 먼저 덕담을 건넸다.

"아따, 모내기도 넘들보다 먼저 일등으로 한께 훈필이 애비 올해 농사도 일등으로 지어 뿔게."

아버지가 그 덕담을 가볍게 받았다.

"농사 일등으로 지어 봐야 누가 상을 주기나 한다요? 상 주는 것 바라고 농사짓는 것도 아니제만."

"허허, 자네는 아직도 뭘 모르는고만. 농사 잘 지으면 마누라가 상을 줄 틴디, 누구헌티서 상을 바래?"

"마누라가 뭔 상을 준다고 그러요?"

"아따, 하루 삼시 세끼 밥상 받는 건 상 아니고 뭣이당가? 훈필이 애비 자네도 머리는 꼭 나만큼이나 둔하시."

"하하하."

"허허허."

어른들은 오랜만에 우스갯소리들을 해 가며 왁자지껄했다. 그러나 은주 어머니, 아버지만은 아직 어두운 표정이었다.

모내기꾼들이 거의 식사를 마칠 무렵, 예상했던 대로 아이들이 몰려오기 시작했다. 아이들은 인사고 뭐고 없이 마구 먹어 댔다. 오랜만에 기름기가 둥둥 뜨는 돼지고깃국에 살오른 갈치조림에 쌀이 제법 섞인 밥을 만났으니 누군들 퍼먹지 않을 수 있으랴. 하지만 난 그 녀석들 입이 미웠다.

'저놈의 입으로 날 놀릴 땐 언제고 무슨 낯으로 밥을 저러코롬 아귀아귀 처먹는다냐!'

그런데 내가 애타게 기다리던 은주는 나타나지 않았다. 나는 은주가 고깃국에 밥을 맛있게 먹는 걸 보고 싶었다.

웬일일까? 나는 조바심이 났다. 아이들이 또 놀려서 울면서 집으로 가 버렸나? 그렇다면 이번엔 정말로 그 녀석들을 가만두지 않으리라.

바로 그때였다. 은주 어머니가 나를 불렀다. 얼른 은주 어머니 앞으로 뛰어갔다.

"아야, 훈필이 너, 우리 집에 좀 갔다 오그라."

"은-주-네-집-에-요?"

하마터면 가슴이 콩닥거리는 걸 들킬 뻔했다.

"아무래도 은주가 즈이 고모 땜시 못밥 먹으러 못 오는 것 같다. 니가 밥 좀 갖다 주고 오그라."

나는 우리 어머니가 은주와 은주 고모 몫으로 싸 준 밥 바구니를 들고 논둑길을 나는 듯 걸어 마을로 향했다. 밥 바구니에선 짭조름하고 비릿한 갈치 냄새가 물씬 풍겨 나왔다.

마을에 거의 다다르자 길옆 도랑에 발을 담가 흙을 씻고 바짓가랑이를 풀어 내렸다.

은주 고모는 정신은 온전하지 못해도 속은 성해서 밥은 잘 먹는다고 했다. 아니, 잘 먹는 정도가 아니라 마치 옆구리에 섬을 차고 있기나 한 듯 무지막지하게 먹는다고 했다. 그만 먹으라고 말리지 않으면 하루 종일 숟가락질을 하고 있을지도 모른다고 했다.

나는 은근히 걱정되었다. 오랜만에 구경하게 되는 맛있는 못밥을 은주가 먹지 못하고 은주 고모가 다 먹어 버리면 어쩌나 하는 생각이 들었기 때문이다. 은주네 집이 가까워질수록 가슴이 두근 반 세근 반 했다.

'은주가 없으믄 으짜제? 아녀, 집에 있을 것이여. 오늘이 수요일인께 학교 수업은 오전 수업뿐이잖이여.'

반은 다르지만 수업 시간표는 우리 반과 별다르지 않기

때문에 은주가 학교에서 돌아와 있을 시간이라는 걸 확신할 수 있었다. 과연 은주는 짐작대로 집에 있었다.

"옹, 이거, 느이 어무니가 갖다 주라고 했어. 우리 못밥이야."

더듬거리지 않고 태연한 척하려 했으나 잘되지 않았다. 내놓고 주라는 밥도 제대로 못 주면서 다른 것을 어떻게 줄 수 있을까? 움츠러드는 내 자신이 원망스러웠다.

그런데 바로 그 순간, 은주 고모가 히죽히죽 웃으면서 마당으로 나왔다. 은주 고모 몸에서 똥 냄새가 확 풍겨 왔다. 어떤 상황인지 짐작이 갔다.

은주가 학교에서 돌아와 보니 고모는 자기가 싼 똥을 몸에 바르고 있었을 것이다. 그래서 은주는 그걸 치우느라 못밥 먹으러 올 시간을 놓치고 말았을 것이다.

은주는 아무 말 없이 밥바구니를 받았다. 살짝 훔쳐보니 얼굴이 약간 발그스름해지는 것 같았다. 뭐라고 한마디 하려고 했지만 무슨 말을 해야 할지 퍼뜩 떠오르지 않았다. 그래서 속내가 담긴 말을 재빠르게 쏟아 낸 뒤 은주네 집을 도망치듯 빠져나왔다.

"이따가 저녁땐 집으로 밥 먹으러 와, 알았쟈?"

그러나 은주는 저녁에도 밥을 먹으러 오지 않았다. 나는 은주가 고모 때문에 또 못 왔을 거라고 짐작했다.

마침내 일주일간의 농번기 방학이 시작되었다. 학교에선 집안 일손을 도우라고 하면서도 숙제를 내 주었다. 숙제는 보리 이삭줍기였다. 한 톨의 보리도 아껴야 한다면서 보리 추수가 끝난 보리밭에 떨어진 이삭을 주워 오라는 것이었다.

담임 선생님은 아주 신이 나서 이번엔 이삭줍기에 대한 정신 교육을 했다. 뭔가 잔소리할 만한 거리만 생기면 기운이 펄펄 나는 모양이었다.

사정이 어떻게 돌아가는지도 모르고 용감하게 교육부터 시킬 수 있는 그 용기로 미루어 볼 때, 우리 담임 선생님은 타고난 선생님 체질이었다.

"우리나라 사람들은 너무 헤퍼서 탈이에요. 조금만 더 신경 쓰면 낟알을 흘리지 않고 추수를 할 수 있는데 건성건성 하기 때문에 밭에 나가 보면 고랑마다 떨어진 보리 이삭이 수두룩해요. 여러분도 잘 아는 프랑스 화가 밀레의 그림 중에 〈이삭 줍는 사람들〉이라는 그림이 있어요. 그 그림에 나오는 주인공들은 바로 보리 이삭을 줍고 있는 거예요. 그런 그림을 그린 밀레의 정신을 본받도록 하세요. 그러니까 내 말은 이번 농번기 방학 때 놀지 말고 보리 이삭을 주워 오라는 거예요. 그래야 우리나라도 프랑스처럼 잘 살 수 있는 거예요. 내 말 정신 똑바로 차리고 잘 새겨들어야 해요."

우리는 그때까지 〈이삭 줍는 사람들〉이라는 그림은커녕 밀레라는 화가에 대해서도 들어 본 적이 없었다. 그런데도 선생님은 분명히 밀레를 '여러분도 잘 아는 프랑스 화가'라고 했다.

나중에 알고 보니 밀레라는 화가는 장터 가는 길의 이발소 거울 위에 걸려 있던, 부부인 듯한 남녀가 기도하는 자세로 서 있는 〈만종〉이라는 그림을 그린 화가였다.

담임 선생님은 우리에게 밀레의 정신까지 들먹이며 장황하게 정신 교육을 했지만, 아이들은 얼마 전 조회 시간에 교장 선생님이 이삭줍기를 해 오면 그걸 팔아서 각 교실마다 학급 문고를 설치할 거라고 얘기한 걸 기억하고 있어서 담임 선생님 말이 그저 싱겁기만 했다.

그러나 누구 하나 이삭줍기를 한 사람은 없었다. 우리 어머니, 아버지 들은 담임 선생님 말과는 달리 결코 헤픈 적이 없고 건성건성 일하는 경우도 없었다. 그래서 곡식의 낟알은커녕 쭉정이 하나 흘리는 법이 없어 보리밭엔 주우려야 주울 이삭이 없었던 것이다.

우리는 하는 수 없이 보리타작이 끝난 뒤 타작마당에서 학교에 갖다 낼 보리를 한 됫박씩 퍼서 누런 종이봉투에 담아 놓아야 했다.

자전거

농번기 방학도 끝나고 아이들과의 관계도 그럭저럭 다시 좋아졌을 무렵, 면 소재지에 있는 철공소에서 고물 자전거를 몇 대 들여놨다. 그 철공소에선 한 시간에 5원씩 받고 자전거를 빌려주었다. 이건 그야말로 우리에겐 대단한 사건이었다.

5원이면 손바닥만 한 갱엿을 사 먹을 수 있는 값어치가 되었지만, 우리는 갱엿을 먹기보다는 기꺼이 자전거를 빌려 타는 쪽을 택했다. 그러나 문제는 돈이었다. 우리 같은 촌놈들은 명절 때나 되어야 겨우 구리돈 몇 닢을 구경해 볼 수 있기 때문이다.

그러나 궁하면 통하는 법! 아이들의 정통한 소식에 따르면, 읍내의 어떤 부잣집 영감님이 앓아 눕게 되어 지네와 구렁이를 있는 대로 사들인다는 것이었다. 어디가 어떻게 좋지 않아 그런지는 몰라도 그 영감님은 일 년 내내 그런 것만 고아 먹어야 살 수 있다고 했다.

아이들은 들뜨기 시작했다. 그래서 학교가 끝나기가 무섭게 산으로 올라갔다. 나도 염소를 데리고 산에 오르내리면서 지네를 잡기 위해 돌이란 돌은 모두 뒤집기 시작했다.

운이 좋아 구렁이를 잡기만 하면 그야말로 횡재를 하는 것이지만, 난 그때까지 구렁이는 구경조차 해 보지 못했다. 이태 전엔가 보리밭에 낳아 놓은 구렁이알을 본 적은 있지만.

구렁이를 잡는 건 아무래도 어려울 것 같아 난 처음부터 지네를 목표로 했다. 그래서 대나무를 둘로 길게 쪼개서 만든 지네 집게를 아예 책보에 싸 갖고 다녔다. 하지만 지네를 잡는 것도 그리 쉬운 일은 아니었다. 잘해야 하루 두 마리, 어떤 날은 한 마리도 못 잡는 날도 있었다.

잡은 지네는 병 속에 넣어 두었다가 일요일에 아이들과 함께 읍내 그 부잣집에 가져가 팔았다.

지네를 판 첫 일요일엔 마침내 나도 그 돈으로 자전거를 빌려 학교 운동장으로 끌고 갔다.

남들이 자전거를 탈 땐 그리 어려워 보이지 않았는데 막상 내가 타 보니 결코 쉬운 일이 아니었다. 먼저 자전거에 올라타는 연습부터 했다. 발판에 발이 잘 닿지 않아 자전거 왼쪽에서 자전거를 막 끌고 가다가 적당한 순간에 왼쪽 발판에 왼발을 올려놓고, 그 상태에서 자전거가 쓰러지지 않도록 균형을 유지한 뒤 안장에 올라타는 연습이었다. 그러나 그 과정에서 넘어지기를 수차례 했고, 무릎은 까져 피가 흐르는데 미처 씽씽 달려 보기도 전에 자전거를 돌려줘야 할 시간이 다 되고 말았다.

그렇게 하루는 올라타는 연습만 하고 다음 일요일엔 드디어 달리는 연습을 했다. 자전거는 앞뒤 두 바퀴로만 되어 있는데 사람을 싣고도 넘어지지 않는다는 게 신기하기만 했다.

그런데 신기함도 잠깐, 나는 자전거 바퀴가 몇 바퀴 구르기도 전에 번번이 쓰러지고 말았다. 쓰러지지 않으려고 자전거 손잡이를 쓰러지는 반대쪽으로 틀면 그때마다 더 잘 쓰러지고 말았다.

그때 나보다 먼저 자전거를 배운 녀석이 제법 아는 체를 했다.

"야, 훈필이 바보야! 쓰러지지 않을라고 버둥대믄 더 빨리 쓰러지는 법이여. 아예 쓰러지는 쪽으로 손잡이를 홱 돌려 뿌러. 그라믄 안 쓰러져!"

정말이었다. 쓰러지지 않으려고 애쓰지 않고 되레 쓰러지는 쪽으로 손잡이를 틀자 신기하게도 자전거는 쓰러지지 않았다. 발판에 발이 잘 닿지는 않았지만, 발등으로 발판을 걷어 올리듯 앞으로 잡아당기고 나서 그 반대편 발로 내리누르면 발판에 힘을 실을 수 있었다. 그렇게 해서 쓰러지지 않고 운동장을 무려 두 바퀴나 도는 기쁨을 맛보았다.

나는 자전거 타는 재미에 맛들여서 날마다 지네 잡는 일을 더욱 열심히 했다. 그러나 자전거 타는 일은 뜻밖의 일 때문에 그만두고 말았다.

자전거를 세 번째로 빌린 일요일, 나는 제법 자전거를 잘 몰 수 있게 되었다. 돌멩이도 피해 갈 수 있었고, 엉덩이를 덜 씰룩거리며 안정감 있게 발판을 밟을 수 있게 된 것이다.

마침내 나는 자전거를 타면서 다른 생각도 할 수 있는 여유가 생겨, 돈을 모아 자전거를 한 대 사면 은주를 뒤에 태우고 학교에 오가리라는 꿈같은 생각도 품게 되었다.

그런데 바로 그때, 운동장 쪽으로 난 교무실 문이 드르

륵 열리며 담임 선생님이 나를 불러 세웠다. 담임 선생님이 일직 근무를 하고 있었던 것이다.

"훈필이 이 녀석, 일요일이면 집안일도 돕고 그래야지, 학교에 자전거나 끌고 와서 놀면 어떡해?"

그러고선 어디에 다녀올 곳이 있다며 자전거를 내놓으라는 것이었다. 빌린 자전거라 곧 갖다 주어야 한다는 말이 목구멍까지 치밀고 올라왔으나 끝내 그 말을 못 하고 말았다.

선생님은 멍하니 서 있는 나에게서 자전거 손잡이를 빼앗듯이 낚아챈 뒤 가볍게 발판을 밟으며 교문 밖으로 사라져 버렸다. 마치 솔개가 병아리를 날쌔게 낚아챈 뒤 가볍게 날아가 버리듯이.

나는 조바심이 났다. 자전거를 돌려줘야 할 시간이 지나도록 선생님은 돌아오지 않았다. 기다리다 못해 교문 밖에 나가 이쪽저쪽 길을 열심히 바라봤지만 어디에도 선생님은 보이지 않았다.

그날 약속 시간을 너무 넘긴 탓에 자전거 빌린 값을 더 물어야 했다. 그러나 당장 호주머니에 돈이 없어 다음 일요일에 갚기로 했다.

나는 다음 일요일이 돌아오기까지 한 주일 내내 선생님

을 원망하며 지네를 잡으러 다녀야 했다.

"지네야, 빨리 나와서 우리 선생님 발가락이나 콱 물어 줘 뿌러라!"

그 뒤로 다시는 자전거를 타지 않았다.

나는 평범한 일상생활로 되돌아갔다. 학교 가는 길엔 염소를 산에 매어 놓고, 학교에 갔다 오면 동생을 돌보고, 해지기 전엔 염소를 데려왔다.

장마철이라 냇가의 물이 불어 학교에 가지 못한 며칠을 빼곤 학교에도 착실히 다녔다. 오다가다 가끔 은주와 마주치면 가슴이 쿵쿵 뛰었다. 그러나 그 이상의 일은 여전히 일어나지 않고 있었다.

장마가 끝나고 칠월이 되자 아이들은 여름 방학에 대한 기대로 조금씩 들썩이기 시작했다. 여름 방학이 되면 아이스케이크 장사를 하겠다는 녀석도 있었고, 대처에 나간 형을 찾아 나서겠다는 녀석도 있었다. 나는 별다른 계획이 없었다. 여름 방학이라고 해서 무슨 특별한 일이 있겠는가.

방학이 시작되기 며칠 전에 아폴로 11호가 하는 미국 우주선이 달나라에 도착했다고 라디오에서고 학교에서고 난리를 피웠다. 아폴로는 방학하는 날 종업식 때 교장 선생님 훈화에서까지 아주 중요한 주제가 되었다.

"여러분이 어른이 되었을 땐 우리나라도 달나라에 갈 수 있어야 합니다. 그러한 꿈을 이루려면 내일의 주인공인 여러분이 방학이라고 놀기만 하면 안 되고 모두 노력하는 어린이가 되어야 합니다."

그러나 달나라의 꿈은 놔 두고라도 지금 당장 뙤약볕에 서서 종업식만 하지 않아도 좋겠다는 것이 그 순간 내가 꿀 수 있는 꿈이었다. 그리고 누가 놀기만 한다고 교장 선생님은 그런 걱정을 하는지 모르겠다. 농촌 실정을 몰라도 한참 모르는 말씀이었다. 우리는 이미 모두 나름대로의 일에 열심히 노력하면서 살고 있었다.

그런데 교장 선생님의 훈화는 담임 선생님의 것에 비하면 아무것도 아니었다.

1학기 동안의 성적과 학교생활에 대해 적은 통지표를 받으러 교실에 들어간 우리 반은 담임 선생님으로부터 무려 두 시간에 걸쳐 아폴로 정신에 대한 교육을 받고서야 통지표를 받아들 수 있었다.

"여러분은 이번 여름 방학을 계기로 다시 태어나야 합니다. 미국을 보세요. 그 나라의 어린이들은 결코 여러분처럼 방학을 헛되게 보내지 않아요. 아주 계획성 있게 잘 보내지요. 아폴로 우주선이 세계 최초로 달에 착륙한 것도 모두 계획성 있게 생활할 줄 아는 미국 사람들의 정신 때문에 가능한 일이었어요. 방학 동안 괜히 자전거나 학교에 끌고 와서 어정거리거나, 장날에 쓸데없이 장터나 돌아다니곤 해선 안 돼요. 자, 잘 들어요. 이번 여름 방학은 아폴로 정신으로 지내야 해요. 아폴로 정신은 우선 치밀한 계획을 세워서 사는 일에서부터 시작되는 거예요, 알아들었어요?"

아폴로 정신!

그 말이 왜 안 나오나 했는데 마침내 튀어나왔다. 그런데 사실 우리는 먼 달나라 이야기보다는 우리가 직접 타 본 자전거가 주는 느낌이 훨씬 더 소중했다. 쓰러지지 않고 달릴 때의 그 쾌감!

그러나 여름 방학 때 학교 운동장에서 자전거를 탄 아이는 아무도 없었다.

땡볕

여름 방학은 한동안 보이지 않던 꽂치가 나타나면서부터 시작되었다.

그가 지금 어디서 오는 길인지 알고 있는 사람은 아무도 없다. 그 자신조차도 자기가 어디서 오는지를 잘 모르고 있는지도 모른다. 그러나 분명한 것은 그가 어딘가로부터 왔다가 얼마 후면 또 어디론가 훌쩍 떠나 버린다는 것이다.

꽂치가 고개를 넘어 마을 어귀에 들어왔지만, 마을 앞 당산나무 그늘에 모여 놀던 아이들 가운데 도망가는 아이는 하나도 없었다. 그동안 겪어 보니 꽂치는 마을에 들어와서 한 번도 해코지를 하지 않았을 뿐 아니라, 어른들 말과는 달리 아이들의 꼬추를 따먹으려고 달려든 적도 없었다. 더구나 은주 언니가 죽었을 땐 마을 사람들과 똑같이 슬퍼할 줄도 알았다. 그런 사람이란 것을 알았으니 굳이 도망갈 필요가 없었던 것이다.

망태기엔 어김없이 꽃이 가득 꽂혀 있었다. 이번에 꽂고 온 꽃은 불그스름한 칡꽃이었다. 칡덩굴이 망태기를 친친 감고 있었고, 칡꽃과 잎사귀가 온통 망태기를 뒤덮고 있었다.

산천이 좋아서 내 여기를 왔냐
님 사는 곳이라고 내 여기를 왔제

꽃치는 낭랑한 목소리로 노래를 부르며 아이들 앞을 지나 마을 안으로 들어갔다. 아이들 가운데 몇몇은 안심이 안 되는지 침을 꼴깍 삼키며 긴장을 했지만, 꽃치는 아무 표정 없이 노래만 부를 뿐 아이들은 쳐다보지도 않았다.

방학이 시작된 뒤, 아이들은 밥숟가락만 놓고 나면 당산나무 아래로 모여들었다. 한창 바쁜 철도 약간 비껴 가서 요즘은 오히려 한가하기조차 했다. 그러나 아이들은 그 한가함을 오히려 더 못 견뎌 했다. 어른들도 요즘은 벼논의

김을 매거나 콩밭을 매는 일 외에는 그다지 바쁜 일이 없어 들에 나가지 않고 집에 있는 사람이 많았다. 꽃치도 그걸 아는지 오히려 눈치 보지 않고 마을을 성큼성큼 돌아다녔다. 뭔가 볼일이 많은 사람처럼.

꽃치는 마을에 사람들이 있어야 더 자유로운 것 같았다. 마을이 비어 있으면 돌아다니기가 오히려 더 거북한지 어른들이 모두 들에서 돌아올 때까지 마을 밖에서 기다리는 경우가 많았다. 일단 마을에 들어왔다가도 집집이 다 비어 있으면 골목만 한 번 휙 돈 다음 다시 마을 밖으로 나간다.

나는 꽃치에 대한 궁금증이 다시 일었지만 그에 대해 알아볼 방법이 달리 없어 마음뿐이었다. 꽃치에 대해 내가 알고 있는 건 마을 사람들 누구나 다 알고 있는 사실 정도였다.

그는 어느 집을 가더라도 그 집 부엌문이 닫혀 있으면 반드시 돌아 나갔고, 함부로 부엌문을 열어 식은 밥을 뒤지는 짓 따위는 결코 하지 않았다.

여느 농촌 마을이나 다 그렇겠지만 우리 마을도 집에 사람이 없다는 표시는 잠그는 일이 거의 없는 사립문보다는 마당으로 난 부엌문이 열렸느냐 닫혔느냐이다. 그래서 부엌문이 닫혀 있으면 그는 그 집에 사람이 없다는 표시로 알고 그냥 나간다.

그에 대한 소문과 금기 사항은 많았다. 그러나 그에 대해서 제대로 알려진 것은 아무것도 없었다. 마을에 들어오면 한 집에선 한 끼만 얻어먹지 절대로 한 끼 이상을 얻어먹는 법이 없다는 것, 그리고 먼젓번에 밥을 얻어먹지 못한 집을 용케 기억했다가 다음 번엔 그 집엔 들르지 않는다는 것만이 그와 관련해서 우리가 알고 있는 가장 확실한 사실이었다.

그는 우리 마을에 나타나면 보통 닷새에서 열흘 정도 머물다 간다. 그런데 재미있는 일은, 어른들은 '사흘 묵어 반가운 손님 없다.'라는 말을 곧잘 쓰면서도 꽂치에 대해선 이러쿵저러쿵 말이 없다는 것이다.

언제나 여러 집을 돌아가며 밥을 얻어먹듯이 잠도 한 집에서만 내리 자지 않고 여러 집을 돌아다니던 꽂치가 이번엔 웬일인지 은주네 집에서만 잠을 잤다.

은주네 집엔 전에 담배 건조장으로 쓰던 헛간이 있다. 요즘 꽂치의 잠자리는 그곳이다. 작년 여름엔 집에서보다는 당산나무 아래에서 더 많이 잤다. 그런데 올 여름엔 당산나무 아래에선 하루도 자지 않는 눈치였다.

아마 우리들 같았으면 모기에게 뜯기느라 하룻밤도 자

기 어려울 것이다. 그런데 꽃치는 모기에게도 뜯기지 않는지 한번 잠들었다 하면 코 고는 소리가 담 너머까지 요란하다. 아무리 더워도 솜옷을 벗지 않으니 모기가 바늘 꽂을 자리를 찾을 수 없는지도 모른다.

나는 저녁밥을 먹고 나면 은주네 집을 기웃거리는 게 아주 습관이 되어 버렸기 때문에 꽃치가 은주네 집에서 매일 저녁, 그것도 코를 골며 잔다는 사실을 누구보다 잘 알고 있었다. 나는 꽃치가 머무르는 동안 거의 매일—소나기가 몹시 퍼붓던 저녁 딱 하루만 빼고—은주네 집을 기웃거렸다. 그런데 웬일인지 비가 오기 전이면 어김없이 날궂이를 하던 은주 고모가 그날 낮엔 하지 않고, 비가 그친 그 뒷날에야 했다. 꽃치는 비가 그치자마자 새벽에 일찌감치 마을을 떠났다.

하루 저녁 동안 여름비가 쏟아지고 난 뒷날은 다시 땡볕이 내리쬈다. 꽃치가 걸어갔을 고갯길엔 사람은커녕 개 한 마리도 돌아다니지 않았다. 그 고갯길 아래에 펼쳐진 들녘은 한창 푸른 기운을 더해 가는 벼들이 햇빛에 번들거려 희끗희끗하게 보였다.

아이들은 더위를 피해 당산나무 그늘 아래 모여 놀았다. 사내아이들은 장기나 고누를 두며 놀았고, 여자아이들은 공기놀이를 하면서 더위를 잊으려 했지만 목줄기를 타고 흘러내리는 땀은 어쩔 수 없었다.

한 아이가 더위에 지친 목소리로 푸념하듯 말했다.

"에이, 이럴 땐 시원한 아이스께끼나 먹었음 좋겄다."

그러자 다른 아이가 핀잔하듯 말했다.

"야 인마, 가진 거라곤 불알 두 쪽뿐인 니가 무슨 돈으로 아이스께끼를 사 먹냐? 또 지네 잡으러 다닐 거냐?"

"지네는 뭐 맨날 날 잡아 잡수 하고 있다냐? 그라고 여름 숲이 저러코럼 우거졌는디 어디 가서 돌을 뒤져?"

"그라믄 보리쌀이라도 몰래 퍼내서 사 먹자는 거냐?"

"야, 니는 으째 꼭 그런 쪽으로밖에 머리가 안 도냐? 호랑이를 잡을라믄 호랑이굴로 들어가야제."

"그거야 맨날 들어서 그런가 보다 하는 소리고……. 아니, 그럼 아이스께끼 공장에 도둑질을 하러 가자는 얘기여?"

"참말로 니는 머리가 묘한 쪽으로만 돌아가는구나. 아니, 이 중대한 시간에 기껏 도둑질밖에 생각을 못 혀?"

"난 그 정도도 생각 많이 한 것이여, 인마. 니 말하는 꼴땜시 더 더워 죽겄은께, 뜸 그만 들이고 뭐 하자는 것인지 싸게 말해 봐라잉."

"내 말 다 듣고 나믄 한나도 안 더울 것인께 쪼끔만 참어 봐, 인마. 내가 말할라고 했던 것이 뭐냐 하믄, 아이스께끼 먹고 싶은 사람이 아이스께끼를 직접 받아다가 장사를 하자는 것이다잉."

"아이스께끼 장사를 한다고?"

"그럼, 못 할 것도 없잖이여?"

그 아이 말에 따르면, 아이스케이크 한 통을 팔면 그에 따른 판매 수당을 주는 것은 물론 아이스케이크 한 통엔 덤으로 아이스케이크가 두세 개씩 더 들어 있다는 것이었다. 그러니 아이스케이크가 먹고 싶으면 덤으로 들어 있는 것을 먹으면 된다고 했다. 아이스케이크가 더 먹고 싶으면 판매 수당을 포기하고 그만큼을 먹으면 되니까, 그야말로 돈 안 들이고 아이스케이크를 먹을 수 있는 방법으론 아이스케이크 장사를 직접 하는 것이 최고라는 것이다.

제법 그럴싸한 말이었다. 그러나 이 촌구석에서 과연 아이스케이크를 돈 주고 사 먹을 사람이 있을까 하는 것이 문제였다. 작년에도, 지금은 서울로 나간 형 하나가 아이스케이크 장사 한다고 파란 아이스케이크 통을 어깨에 메고 이 마을 저 마을 돌아다니며 "아이스께끼! 시원하고 달콤한 얼음 과자 아이스께끼!" 하며 목이 터져라 외치고 다녔지만, 결국 몇 개밖에 못 팔자 식구들이 나눠 먹고 값을 대신 물었다. 게다가 더운 날씨에 아이스케이크가 녹아 버려서 손해가 컸다. 그런데도 아이들은 여름 방학 때만 되면 가장 해 보고 싶은 것이 아이스케이크 장사였다.

아이스케이크를 만드는 얼음 공장에선 돈 말고도 헌 고무신이나 한 되짜리 소주병, 부러진 숟가락이나 헌 냄비 같은 걸 받으면 되니까 금세 팔 수 있다고 부추긴다. 그러나 이 촌구석에선 아이스케이크를 바꿔 먹을 고무신이나 소주병, 숟가락, 냄비 따위도 흔한 물건이 아니다. 고무신은 닳고 닳아서 더 닳을 자리가 없으면 헝겊을 대서라도 꿰매 신고, 빈 소주병은 기름병이나 식초병으로 쓰는 아주 중요한 살림살이며, 부러진 숟가락은 하다못해 가마솥의 누룽지 긁는 것으로라도 쓰며, 냄비는 구멍이 나더라도 냄비 때우는 사람이 마을을 돌 때 때워서 쓰면 되므로 버릴 게 하나도 없는 것이다.

그러나 아이들은 번번이 그런 물건들은 흔한 거니까 오십 개들이 아이스케이크 한 통 정도는 어렵지 않게 팔 수 있으리라고 착각을 하게 된다. 더구나 아이스케이크의 그 달고 시원한 유혹을 과감하게 떨쳐 버리기에 아이들은 언제나 너무 어렸다. 저마다 나름대로 다 컸다고 자부했지만, 달고 시원한 아이스케이크의 유혹 앞에선 열세 살의 나이는 아직 나이라고 할 수도 없을 만큼 어린 나이였던 것이다.

나는 애당초 아이스케이크 장사는 할 생각이 없었다. 아이스케이크 통을 메고 돌아다니는 것까지는 하겠는데, 도저히 "아이스께끼! 얼음 과자!"라고 외칠 자신은 없었기 때문이다.

나는 남 앞에 나서는 것이 제일 싫다. 그래서 3학년 땐 반장으로 뽑혔는데도 아이들을 대표해서 '차려, 경례' 따위의 구령을 붙일 자신이 없어 하루 만에 물러나기도 했다. 특히 가시나들도 쳐다보는 앞에서 그걸 하려고 하니 입에서 말이 제대로 나오지 않았던 것이다.

그런 소심한 성격 때문에 지난번 웅변대회 땐 순전히 은주에게 뭔가를 보여 주고 싶어서 있는 용기 없는 용기 다 내서 나갔건만, 결국은 망신만 사서 안 나가느니만 못하게 되고 말았던 것이다.

'나는 으째 그럴까? 으째서 고러코럼 맘도 약해빠지고 대차지 못한 것이다냐?'

남들은 뻔뻔스러울 만치 자기 자신을 잘도 내세우는데 나는 멍석을 깔아 주어도 놀지 못한다. 내가 은주 신랑이라고 놀림을 받고서 아이들과 멀어진 것도 어찌 보면 소심한 내 성격 때문인지도 모른다.

다른 아이들 같았으면 그런 경우 막 대들어서 결백을 밝히거나, 놀리든 말든 당당하고 태연하게 행동했을 것이다. 그래 봐야 남의 흉은 사흘을 넘기면서까지 보지는 않으므로.

아이들도 그냥 재미로 한번 해 본 것이므로 쉽게 잊어버리게 되어 금세 아무 일도 없었다는 듯이 지내게 된다. 그런데 나는 그런 일을 한번 겪으면 최소한 보름 이상을 혼자서 끙끙 앓게 된다. 남들은 이미 그런 일 같은 건 까맣게 잊어버려 눈곱만치도 생각하고 있지 않는데도 말이다.

아무튼 나는 내 성격 때문에 아이스케이크 장사 같은 건 아예 할 생각이 없었다. 다른 아이들은 떼를 지어 장터에 있는 얼음 공장으로 몰려가 아이스케이크 통 하나씩을 어깨에 메고 왔다. 처음엔 모두들 의기양양해서 마을을 한 바퀴 돌았다. 그러나 마을에선 아무도 아이스케이크를 사 먹는 사람이 없었다. 아이들은 하는 수 없이 다른 마을로까지 원정을 갔다.

예상했던 대로 그곳에서도 장사는 신통치 않았다. 오면 가면 자기들이 먹어 치운 것만 해도 벌써 네댓 개씩이나 되었고, 워낙 무더운 날씨라 나무 상자 안에선 아이스케이크가 벌써 반은 녹아 물이 되고 있었다.

결국 그 여름의 아이스케이크 장사는 다른 여름과 마찬가지로 실패로 끝났다. 녹다 만 아이스케이크는 동생들하고 통 밑바닥에 흐른 단물까지 핥아먹으며 정리했다.

그 뒷날 아이들 대부분은 배탈이 나서 고생을 했으며, 어머니의 고쟁이 속곳에 감춰져 있던 비상금을 털어 아이스케이크 값을 물어내고 나서야 아이스케이크 통을 얼음 공장에 돌려줄 수 있었다.

서늘한 그리움

여느 때처럼 점심을 먹고 나면 아이들은 다시 당산나무 그늘 아래로 모여들었다. 그러나 아이스케이크에 대해 다시 입을 놀리는 아이는 없었다.

하늘엔 뭉게구름만이 부드럽게 뭉쳐서 떠다녔다. 아이들은 당산나무 밑에 깔아 놓은 보릿대 거적에 드러누워 제각각 생각에 빠져들었다.

바로 그때, 마을 공회당 앞 종탑에 매달린 확성기에서 고물 라디오의 삐빅거리는 잡음과 함께 〈밀짚모자 목장 아가씨〉가 흘러나왔다. 점심 식사를 끝낸 이장이 낮 방송을 시작할 모양이었다.

시원한 밀짚모자
포플러 그늘에
양 떼를 몰고 가는
목장의 아가씨
연분홍빛 입술에는
살며시 웃음 띄우고
널따란 푸른 목장
하늘엔 구름 가네

미끌미끌해서 손에 잡힐 것 같지 않은 목소리로 흘러나오는 노래는 괜히 가슴 어딘가를 서늘하게 했다.

서늘함, 서늘함이었다.

문득 저런 노래를 부르는 사람은 결코 된장국이나 우거지국 같은 건 먹을 일이 없는 사람일 거라는 생각이 들었다. 된장국이나 우거지국이 넘어가는 목구멍에선 절대로 저런 목소리가 나오지 못할 테니 말이다.

아직 우리 수준에선 우리나라에 목장이 있다는 말을 들어 보지 못했다. 목장이라면 서양 어느 나라에나 있는 줄로 알고 있었다. 알프스의 소녀나 미국의 카우보이 같은 사람들이나 목장에서 살 거라고 생각하고 있었다.

언젠가 서울 어느 사립 학교에서 벽지 학교 어린이 돕기를 한다고 자기네들이 보던 어린이 잡지하고 만화책 따위를 보내온 일이 떠올랐다. 우리는 그 책들에서 서울 아이들 냄새를 찾아보려고 코를 킁킁대며 맡아 보곤 했다.

"야, 이 책은 가시나가 보던 것인가 봐."

"얌마, 이름도 안 써져 있는데 가시나가 보던 것인지 머시마가 보던 것인지 니가 으찌께 알아."

"냄새가 나잖이여, 냄새. 넌 콧구멍이 하나밖에 없은께 잘 모를 것이다만 이 책에선 세숫비누 냄새가 난단 말이여."

"야가 시방 뭔 소릴 하고 있어? 내가 콧구멍이 으째서 하나냐, 인마. 우리 어무니가 알믄 넌 다리몽댕이 부러질 줄 알아라. 멀쩡하게 두 개 달린 콧구멍보고 하나밖에 안 달려 있다니, 떼끼!"

"알았어, 알았어. 콧구멍이 두 개믄 너도 냄새나 잘 맡아 봐."

우리는 비누라곤 빨랫비누로 쓰는 똥비누밖에 몰랐다. 그래서 세숫비누 냄새가 어떤 것인지도 모르면서 괜히 막연하게나마 세숫비누를 쓰는 서울 가시나를 그리워해 본 것이다.

날씨와 어울리지 않게 정말로 무언가 서늘한 것이 가슴을 훑고 지나가는 듯했다. 서늘한 그리움.

시원한 밀짚모자, 포플러 그늘, 양 떼, 목장의 아가씨, 연분홍빛 입술, 널따란 푸른 목장…….

그 어느 것 하나 내 손엔 잡히지 않는 것들이었다.

찌그러진 보릿대 모자, 당산나무 그늘, 소 떼, 콩밭의 어머니, 검게 탄 얼굴, 비탈진 황토밭…….

우리에게 익숙한 것들은 이런 것들뿐이었다.

순간 나는 엉뚱하게도 은주와 농업 고등학교를 떠올렸다.

농업 고등학교를 나와서…… 목장을 하나 차리면…… 은주와 결혼을 해서…… 한가롭게 목장을 둘러보다 나무 그늘 아래서 땀을 들이고…….

나는 미래의 나를 그려 보았다. 그러나 쉰 듯한 이장의 목소리가 나를 다시 현재로 되돌려 놓았다.

"알립니다, 알립니다. 이장이올시다. 점심 식사들 허시고 한잠씩 낮잠을 주무실 시간인디 떠들어서 죄송합니다. 쪼깐만 시간을 내서 지금부터 말씀드리는 것에 귀 좀 기울여 주십시오. 에— 오늘 공무는 다름이 아니오라 벼멸구 방지 대책을 철저히 세우라는 지시가 내려와서……."

그다음 소리는 삐이익 하는 확성기의 잡음 속에 묻혀 무슨 소린지 잘 알아들을 수가 없었다. 그러나 들으나마나 뻔한 소리일 것이다. 면에서 열린 이장 회의에서 전달받은 잡다한 지시 사항이 더 나열될 것이고, 마지막엔 결국 돈 이야기일 것이다. 모내기 때부터 들여놓은 비료값을 아직 안 낸 집이 누구누구 집이온데 조만간에 납부를 하셔야겠다는 '당부의 말씀'이 이어질 것이다.

이장의 장황한 낮 방송이 끝나자, 나는 보릿대 거적에서 몸을 일으켰다. 그러고는 한동안 머리를 두 무릎 사이에 박고 오후에 할 일들을 생각해 보았다.

'오늘은 동생을 보지 않아도 되고…… 들에 나가 특별히 해야 할 일도 없고…… 방학 숙제? 그런 건 방학 끝날 무렵에 가서 시간이 나믄 하든지 말든지 하면 되고…….'

오늘 할 일은 역시 염소를 잘 돌보는 일이다. 요즘은 날씨가 워낙 더워 오전 오후로 염소를 매어 놓는 자리를 바꿔 줘야 한다. 그늘이 지고 바람이 잘 통하면서 풀이 좋은 곳으로.

나는 다리에 힘을 주어 몸을 일으켰다. 아무도 나를 쳐다보지 않았다. 머리꼭지에 따가운 한낮의 햇살이 사정없이 내리쬐었다. 나는 산으로 가면서 생각했다. 아까 라디오에서 흘러나오던 노래대로 살 수만 있다면 참 멋지겠다고. 그렇다면 염소를 더 잘 돌봐야겠다. 어서어서 어미 염소로 키워 새끼를 늘려야 중학교를 갈 수 있고 그다음에 농업 고등학교를 갈 수 있으리라.

'농업 고등학교를 졸업한 뒤엔? 그야 은주랑 결혼해서 목장을 가꾸며 행복하게 사는 거지 뭐, 에헴.'

다리에 더욱 힘이 들어갔다. 비록 이제 겨우 솔 심으면서 정자 지을 꿈을 꾸는 것 같긴 했지만 산으로 염소를 만나러 가는 길은 즐겁기만 했다.

돌아온 맹호 부대 용사

여름 방학이 절반쯤 지났다.

아이들은 여느 여름 방학 때처럼 소에게 풀을 뜯기거나 쇠꼴 베는 일 따위를 하며 집안일을 도왔다. 어른들은 벼논의 피사리를 하고 벼멸구 방제를 하느라 바빴지만, 지난 오뉴월에 비하면 한가한 편이었다.

아이들은 날마다 뭐 신나는 일이 없을까 하고 심심해 했다. 그래서 될 수 있으면 마을에서 멀리 떨어져 있는 산으로 소를 몰고 갔다. 마을에서 먼 산일수록 풀이 기름져 꼴망태를 순식간에 채울 수 있기 때문이기도 했지만, 그보다는 산이 깊어질수록 뭔가 모험거리가 없을까 하는 기대감에서였다.

우리 집엔 소가 없다. 그래서 나는 다른 아이들과는 달리 소를 돌볼 일은 없다. 그 대신 나는 내 꿈동이인 염소를 열심히 돌보았다. 그러나 염소를 끌고 아이들을 따라다니진 않았다. 염소를 소처럼 끌고 다닐 수도 있지만, 염소는 풀이 웬만큼만 있으면 충분히 배를 불릴 수 있기 때문에 굳이 그럴 필요가 없었던 것이다. 아니, 그런 이유보다는 나 혼자만의 시간을 즐기기 위해서였다.

저녁밥을 먹은 뒤면 습관처럼 은주네 집 담장을 넘겨다보았다. 그러나 은주네 집은 우리 집보다 저녁을 더 일찍 먹는지 내가 담장을 넘겨다볼 때면 마당엔 모깃불 연기만 가득하고 멍석엔 은주 고모 혼자 아무렇게나 누워서 별을 셀 뿐 다른 식구는 일찌감치 방으로 들어가고 없었다.

담장에 붙어 조용히 귀를 기울이면 간간이 은주 아버지의 기침 소리와 모기 쫓는 소리, 그리고 은주 어머니의 한숨 소리만이 마당으로 새어 나왔다.

사실 그동안 나는 은주와 어떻게든 말이라도 한마디 나눠 보고 싶었지만 기회를 영 잡지 못하고 있었다. 그러나 결코 낙심하지 않았다. 내가 농업 고등학교를 졸업하고 목장을 차리기만 하면 은주는 틀림없이 내 각시가 되어 줄 테니까.

무슨 노랜지 알아들을 수는 없었지만, 은주 고모는 분명히 노래를 부르고 있었다. 나는 은주 고모가 별을 부르는 노래를 부르고 있으리라 짐작했다. 자신이 왜 불행한지조차 모르고 꼭 철없는 아이들처럼 구는 은주 고모. 그러나 그런 사람들의 마음은 어쩌면 별을 닮아 있을 것이다.

별 자신은 왜 빛나는지, 그것도 왜 밤에만 빛나는지 모를 것이다. 결코 환한 낮에 빛나는 별은 없다. 별은 밤에만 빛난다.

은주 고모가 꼭 그런 사람 같았다. 낮엔 알게 모르게 사람들로부터 미친 사람이라는 손가락질을 받지만, 밤엔 아무도 은주 고모를 의식하지 않는다. 심지어 가족들까지도 우환에 시달리는 까닭에 은주 고모가 잠을 자든 말든 신경 쓰지 않는다. 사실 멀쩡한 사람도 견디기 힘든 판이라 제정신이 아닌 은주 고모에게까지 신경을 쓸 겨를이 없기도 했다.

그런데 꽃치가 은주네 집에서만 자고 마을을 떠난 바로 그 무렵, 아이들 사이에선 이상한 소문이 돌았다.

"너, 소문 들었냐?"

"무슨 소문?"

"은주 고모가 꽃치랑 연애한다는 소문 말이여."

"에이, 설마……. 징글징글한 결혼 생활 땜시 얼이 다 빠져 뿌린 은주 고모가 뭔 정신으로 연애를 하겄어?"

"야, 그런 소리 마라. 미친 사람은 꽃을 좋아한디야. 꽃치도 꽃을 좋아하잖이여. 그랑께 은주 고모가 꽃 달고 다니는 꽃치헌티 반하는 건 충분히 있을 수 있는 일이여."

그렇지만 꽃치와 은주 고모가 연애하는 걸 자기 눈으로 직접 본 아이는 아무도 없었다. 어른들은 아이들이 그런 소리를 늘어놓으면, "거, 씰데없는 소리들 하고 자빠졌구나!" 하면서 핀잔부터 주었다.

그런데 은주 고모와 꽃치에 대한 아이들의 입방아는 어른들의 윽박지름 때문이 아니라 다른 일로 인해 수그러들었다. 아이들의 관심을 끌 만한 새로운 일이 생겼기 때문이다. 월남 갔던 배롱나무집 셋째 아들이 돌아온 것이다.

그 집 마당엔 오래 전부터 나뭇가지가 미끌미끌해서 원숭이도 미끄러져 내린다는 배롱나무가 있어 배롱나무집이라고 불린다.배롱나무는 또 간지럼을 잘 탄다고 하여 아이들은 어쩌다 그 집에 들어가면 매끌매끌한 나뭇가지를 만지며 간지럼부터 태우곤 했다.

아이들은 저녁이면 배롱나무집에 몰려들었다. 월남에

서 당당하게 돌아온 셋째 아들의 무용담을 듣기 위해서였다. 그는 월남에서 베트콩 잡은 이야기를 신나게 해 주었다.

나도 아이들을 따라 그 집에 슬며시 가 보곤 했다. 그러나 전쟁 이야기보다는 행여라도 월남에서 가져왔다는 미제 껌이나 과자를 얻을 수 있을까 하는 기대감에서 그 집에 갔다. 왜냐하면 그런 것 하나라도 얻어 은주에게 주고 싶었기 때문이다.

그러나 배롱나무집 셋째 아들은 박하향이 나는 껌을 짝짝 씹어 가며 신나게 이야기를 하면서도 아이들에겐 과자 부스러기 하나 나누어 주지 않았다. 기껏 준다는 게 쓴맛 나는 커피뿐이었다.

그는 커피를 한 숟갈씩 나누어 주면서 미숫가루 타 먹듯 사카린을 넣은 물에 타 먹으라고 했지만, 아이들은 곧바로 입에 털어 넣었다. 그러고는 이내 모두들 소태 씹은 표정으로 서로를 쳐다보았다. 하지만 뱉지도 못했다. 그가 이렇게 말했기 때문에.

"야 이 촌놈들아, 이것은 말이다, 양놈들 숭늉이여 숭늉! 양놈들은 커피를 매일 대여섯 잔씩 마신다고. 고 인간들이 뭣 땜시 키가 큰지 아냐? 다 커피 마셔서 그려. 그란디 그걸 그냥 먹으면 어떡해 인마, 물에 타서 마셔야제."

그렇게 말하면서 그는 풍년초 만 것보다 훨씬 두꺼운 담배를 꺼내 입에 물었다.

아이들은 그 모습이 너무나 멋지다고 생각했다. 마치 교실 환경 정리판에 나붙은 처칠인가 저질인가 하는 영국 사람의 모습, 아니다, 「자유의 벗」이란 잡지에서 자주 볼 수 있는, 맥아던지 맥아린지 누군지 확실하지는 않지만 색안경 쓰고 멋지게 자세 잡고 서 있던 미국의 장군 같다는 생각들을 한 것이다.

나는 다행히 은주에게 줄 요량으로 커피를 입에 털어 넣지 않았기 때문에 인상을 쓸 필요는 없었다. 그러나 농업고등학교에 다니는 이장집 넷째 아들의 말을 듣고서 배롱나무집 셋째 아들이 준 커피를 그 뒷날 저녁 두엄더미에 버리고 말았다.

"야 훈필아, 너 커피를 마시믄 으찌께 되는지 아냐? 미국 흑인들처럼 얼굴이 거무뎅뎅해지는 것이여, 인마."

나는 그 말이 맞다고 생각했다. 왜냐하면 그것이 키 크는 약일 것 같으면 키가 중키밖에 안 되는 배롱나무집 셋째 아들이 결코 우리에게 나누어 줄 리가 없다는 생각이 들었기 때문이다. 껌은 안 주면서 커피를 주는 게 좀 수상쩍다 했더니 역시 그랬구나 싶었다. 커피를 은주에게 덜컥 주기 전에 이장집 넷째 아들로부터 그 정보를 안 게 무척 다행이었다. 배롱나무집 셋째 아들은 그 이후로도 맛있는 건 하나도 주지 않았다.

배롱나무댁이 아들 자랑 하느라 떠들고 돌아다닌 이야기에 따르면, 그는 텔레비전을 사 들고 오다 부산에서 팔아 가지고 목돈을 만들어 왔다고 했다. 그때까지 우리는 텔레비전은 구경한 적도 없고, 마을엔 라디오도 귀했다. 텔레비전 한 대 값이면 모르긴 몰라도 돼지 새끼 스무 마리 값은 될 것이다. 그런데 돼지 새끼 스무 마리 값을 군대 가서 만들어 가지고 오다니!

그 말을 들으니 가슴이 뛰었다. 나도 어서 커서 월남에 가리라. 월남만 갔다 오면 목장을 만드는 꿈은 금세 이룰 수 있을 것만 같았다.

다른 아이들은 소 풀 뜯기러 가면 이제 새로운 놀이를 하기 시작했다. 마른쑥을 비벼 담배를 말아서 멋들어지게 입에 물고선 서로 장군 흉내를 내는 한편, 곧 전쟁놀이를 시작했다. 편을 갈라 한 편은 국군인 맹호 부대이고 다른 한 편은 베트콩이었다. 아이들은 서로 맹호 부대 편을 하고 싶어 했다. 그래서 편을 가를 땐 가위바위보를 해야 했다.

아이들은 풀과 나뭇가지를 온몸에 감아서 군인처럼 꾸

몄다. 베트콩을 발견하면 총 대신 '따콩! 따콩!' 하는 소리를 냈다. 베트콩은 그 소릴 들으면 뒤로 넘어지면서 죽는 시늉을 해야 했다.

그렇게 베트콩을 모두 잡고 나면 맹호 부대 용사들은, 학교에서 반공 노래 부르기 때 이미 배운 적이 있는 맹호 부대 용사 노래를 자랑스럽게 부르며 베트콩을 칡덩굴로 꽁꽁 묶어서 끌고 돌아왔다.

그 이름 맹호 부대
맹호 부대 용사들
가시는 곳 월남 땅
하늘은 멀더라도

승리는 언제나 맹호 부대가 해야 했고, 베트콩은 반드시 포로가 되어야 했다. 그러니 누가 베트콩 편을 하려고 하겠는가?

그때부터 아이들은 모두들 베트콩 잡는 맹호 부대 용사가 되는 것이 소원이었다. 나도 그때부터 장래에 맹호 부대 용사가 될 수 있기를 간절히 바랐다. 물론 아이들과는 다른 이유에서였다.

난 베트콩을 잡느니 어쩌니 하는 것에는 별로 관심이 없었다. 내 관심은 오로지 시원한 밀짚모자를 쓰고 은주와 나의 목장을 거니는 일일 뿐. 그러기 위해선 월남을 가야 한다. 월남만 갔다 오면 내가 꿈꾸는 목장을 세울 돈을 쥘 수 있다. 무려 돼지 새끼 스무 마리 값을!

배롱나무집 셋째 아들이 월남에서 번 돈으로 읍내에 다방을 차린다는 소문이 돌았다.

은주와 목장을 세울 꿈에 부푼 나는 염소 돌보는 일에 더욱 열심이었다. 염소 하나라도 제대로 키우는 연습을 해 놓으면 나중에 도움이 많이 되리라 생각했기 때문이다.

염소는 그동안 제법 많이 자랐다. 하지만 아직 새끼를 밸 때는 되지 않았다. 염소에 따라선 한 살이 되기 전부터 새끼를 배기도 하지만, 어른들 말에 따르면 난 지 2년 가까이 되어야 어미 노릇을 제대로 한다고 했다. 그렇다면 우리 염소가 어미 염소가 되려면 아직도 일 년 이상을 키워야 한다.

염소는 성질이 좀 급하긴 해도 무척 순박했다. 단지 체질이 좀 예민한 편이어서 비나 이슬에 젖은 풀은 잘 먹지 않는다는 점과, 어쩌다 먹으면 설사를 하는 것만 주의하면 되었다.

나는 염소 한 마리가 두 마리 되고, 두 마리가 네 마리 되고, 네 마리가 여덟 마리 되는 계산을 열심히 해 보았다. 염소의 수가 계속 배로 늘어날수록 내가 중학생이 되고, 고등학생이 되고, 마침내는 목장 주인이 되는 것이었다. 은주는 목장 주인인 내 각시가 되고!

아이들은 베트콩을 잡는 맹호 부대의 용사가 되는 꿈에 부풀고, 나는 목장 주인이 되는 꿈에 부푼 채 여름 방학을 거의 다 보냈다.

심심해서 죽을 지경이던 아이들에게 배롱나무집 셋째 아들은 근사한 꿈 하나씩을 가져다 준 고마운 사람이 되었다. 그러나 아들 자랑에 침이 마를 정도로 입이 바빴던 배롱나무댁은 얼마 지나지 않아 아들이 월남 갔다 온 후로 사람 못쓰게 되었다고 볼멘소리를 했다.

"아이고, 이놈의 자석아! 에미가 아무리 너헌티 잘해 준 건 없다 혀도 에미허고 한 마디 의논도 없이 니 맘대로 살림을 차리는 벱이 어디 있다냐! 그라고 고놈의 성질머리, 낫살값 하느라 군대까정 갔다 왔으믄 고쳐야제, 되레 뿔을 하나 더 달고 오는 놈이 어디 있디야. 제발 고놈의 성깔 좀 털어 뿔고 살아라, 이놈아."

읍내에 다방을 차린 '돌아온 맹호 부대 용사'는 펜팔 친구라고 하는 다방 색시와 식도 올리지 않은 채 살림을 차려 어머니인 배롱나무댁의 속을 썩이더니, 그도 모자라 술만 마시면 괜히 사람들에게 시비를 걸어 싸움을 거는 통에 지서 순경이 배롱나무집을 뻔질나게 드나들게 되었던 것이다.

"아니, 이놈의 바닥엔 웬 베트콩이 이렇게 많은 거야? 에잇! 내가 한 방에 날려 버리지."

그는 술만 마시면 사람들이 모두 베트콩으로 보여, 죽이고 싶다고 고래고래 소리지르며 읍내 바닥을 쏠고 다닌다고 했다.

그러나 그런 소리를 들어도 맹호 부대 용사가 되어서 월남을 가야겠다는 아이들의 꿈은 물론 내 꿈도 결코 식지 않았다.

방학 숙제

개학을 사흘 앞둔 날 저녁때, 은주가 갑자기 우리 집에 왔다.

하늘은 스스로 돕는 자를 돕는다더니 그 말이 하나도 틀리지 않았다. 그동안 내가 은주 생각을 얼마나 많이 했으며, 은주와 목장 주인이 되기 위해서 얼마나 많은 노력을 했던가!

나는 웬일인가 싶어 말도 못 꺼내고 있는데 은주가 먼저 입을 열었다.

"방학책 좀 빌려주믄 안 되끄나?"

앞뒤 다른 말 없이 불쑥 튀어나온 말에 나는 적이 당황

했다.

"방학책?"

"응, 방학책에 나온 문제를 하나도 풀지 못했거든……."

사실 나도 아직 방학책을 풀지 않았다. 방학책뿐만이 아니었다. 담임 선생님이 따로 내 준 방학 숙제도 제대로 해 놓은 것이 하나도 없었다. 일기 쓰기, 독후감 쓰기, 식물 채집, 곤충 채집, 상표 모으기, 우표 모으기, 시사 화보 정리하기 등 어느 것 하나 해 놓은 것이 없었다.

나뿐만이 아니라 이 촌구석에서 방학 숙제를 제대로 하는 아이들은 별로 없다. 그런데 난데없이 방학책을 빌려 달라니……. 전혀 예측하지 못한 일이었다.

'이럴 줄 알았으믄 미리 방학책 문제라도 다 풀어 놓았을 틴디…….'

후회하는 마음이 들었지만 이미 엎질러진 물이었다. 나는 속으로 비장한 각오를 한 뒤 은주에게 말했다.

"방학책, 내일 빌려 주믄 안 되끄나? 마침 내가 보고 있었거든. 뒷부분이 쪼깐 덜 되어 있어서……."

그 말을 하는 동안 얼굴이 화끈거렸다.

"그라믄 내일 꼭 좀 볼 수 있게 해 주라."

은주는 고맙게도 내 속사정을 모른 채 돌아갔다.

은주가 돌아간 뒤 나는 잠시 멍해졌다. 오랜만에 은주와 단둘이 마주 보고 말을 해 보았다는 사실이 그렇게 기쁠 수가 없었다. 더구나 은주가 제 발로 나를 찾아오다니!

나는 점점 은주가 내 각시가 되어 가는 것이 현실인 양 여겨졌다. 그러나 기쁨도 잠시, 방학책 문제를 언제 다 풀어서 은주에게 빌려줘야 할지 막막했다.

나는 그날 밤을 거의 뜬눈으로 새웠지만 방학책을 다 풀지 못했다. 아침을 먹는 둥 마는 둥 하고 서둘러 염소를 산에 데려가 매어 놓고 왔다.

집에 돌아온 뒤 다시 방학책을 뒤적였다. 궁리에 궁리를 해도 안 풀리는 것 몇 개는 교과서를 찾아서 겨우 해결했지만, 그래도 안 풀리는 것이 많았다. 네 개 가운데 하나를 고르는 문제는 연필을 굴려 대충 아무거나 골라잡기식으로 번호를 써 넣었다. 그런데 괄호 넣기 문제는 그럴 수도 없었다.

나는 괄호 넣기 문제 때문에 끙끙 앓았다. 몇 개는 앞뒤 문장을 봐서 적당히 말만 되게 엮어서 채웠다. 그래도 안 되는 것이 몇 개 남았다. 그건 할 수 없이 빈 칸으로 남겨 두기로 했다.

그런데 바로 그 순간, 머리를 휙 스쳐 지나가는 것이 있었다.

"맞다! 바로 그거다!"

언젠가 학교에서 일제 고사를 치르고 나서 채점을 할 때 담임 선생님이 가지고 있던 모범 답안지에 '생략'이라고 쓰여진 칸이 있었다는 사실이 떠올랐던 것이다.

아, 살았다! 괄호 넣기 중 어려운 것은 대부분 '생략'이 답이다!

그 순간 나는 나의 대단한 기억력에 대해 얼마나 고마워했는지 모른다.

나는 '생략'이라는 말의 뜻이 무엇인지 알아볼 겨를도 없이 곧바로 비어 있는 괄호마다 '생략'이라는 말을 꾹꾹 눌러 가며 열심히 써 넣었다.

마침내 나는 의기양양해하며 은주를 기다릴 수 있었다. 은주랑 난 반이 다르니까 내 방학책을 은주가 그대로 베낀다 해도 두 반 선생님은 아무도 눈치를 못 챌 것이다. 나는 얼른 은주에게 방학책을 빌려주고 싶었다.

아침에 염소를 데리고 산으로 갈 때의 내 표정은 지난 밤을 거의 뜬눈으로 새우고서도 방학책을 다 풀지 못한 까닭에 아마도 소태 씹은 표정이거나 낙태한 고양이 삶아 먹은 시어미 상이었을 것이다. 그러나 방학책을 다 푼 저녁

때 염소를 데리러 산으로 갈 때는 몸이 날 듯이 가볍게 느껴졌다.

참으로 이상한 것은 엊저녁에 잠을 거의 못 자 하루 종일 비실거렸는데도 방학책 문제를 다 풀고 나자 전혀 피곤하지도 않고 하늘을 날려고 마음만 먹으면 날 수도 있을 것 같이 된 점이다.

나는 염소 고삐를 쥐고 산을 내려오면서 저녁에 은주를 만날 꿈에 부풀어 별의별 생각을 다 했다. 은주가 방학책을 가지러 오면 무슨 말을 해야 할까를 계속 궁리했다.

'언니 때문에 속이 많이 상했지?'라고 달래 줄까? 아니면 '고모 때문에 고생이 많지?'라고 위로해 줄까? 내 꿈에 대해서 미리 귀띔을 좀 해 줄까? 방학 숙제 같은 것 말고도 필요한 게 있으면 언제든지 부탁을 하라고 말할까? 아이들이 뭐라고 놀리더라도 그런 조무래기들의 까불거림 같은 건 신경 쓸 것 없다고 말해 줄까?

염소 고삐를 쥔 손에 힘이 들어갔다. 탈탈거리며 앞장서 가는 염소의 뒷모습이 참 복스럽고 예쁘다는 생각이 들었다.

그런데 저녁밥을 먹고 기다려도 은주는 오지 않았다. 나는 웬일인가 싶어 몸이 달았다. 사립문 옆에 있는 측간을 몇 번씩 들락거리면서 내내 골목 밖을 살폈다. 그러나 은주는 오지 않았다.

어른들이 '너 왜 그러냐? 배탈났냐?' 하며 궁금해할 것만 같아 내 방에 들어와 차분히 기다리기로 했다. 그러나 조바심은 더 났다.

나는 마침내 은주를 직접 찾아가 보기로 했다. 방학책을 들고 집을 나왔다. 골목을 나서자 논에서 울어 대는 개구리 소리가 시끄러웠다. 저것들은 남의 속도 모르고 뭣 때문에 저렇게 울어 대는 걸까.

은주네 담벼락에 붙어 마당을 들여다보았다. 여느 때와 마찬가지로 마당 멍석엔 은주 고모 혼자 누워 있었다. 은주 방에만 불이 켜져 있고 다른 방은 모두 꺼져 있었다.

이태 전에 우리 마을에 전기가 들어왔다. 그러나 뉘 집 할 것 없이 어른들은 전기 요금이 아깝다고 거의 불을 켜지 않는다. 아이들에게도 습관처럼 하는 말이 "불 끄고 일찍 자그라."였다.

나는 어떻게 해야 할지 몰라 잠시 망설였다. 다행히도 은주네 집엔 개가 없다는 생각이 스쳤다. 사실 우리 마을 개들은 마을 사람보곤 짖지 않는다. 아침 저녁으로 매일 보다시피 하니 얼굴이, 아니 냄새가 익었을 것이다.

그런데 내가 그 순간에 왜 개를 생각했을까. 아마 마을

형들이 밤에 다른 마을에 가서 수박 서리나 닭 서리를 할 때 제일 성가신 것은 개가 뛰쳐나와 짖어 대는 것이라는 소리를 들은 적이 있기 때문일 것이다. 그러나 나는 지금 은주네 집에 무슨 서리를 하러 온 게 아니다. 그러니 당당하게 들어가자는 생각이 들었다. 하지만 아무리 그렇더라도 이 밤에 머시마가 가시나를 만나러 가는 건 좀 뭣했다.

그렇다면 어떻게 할까? 사립문 밖에서 큰 소리로 불러 볼까 하는 생각도 해 보고, 은주가 측간이라도 가기 위해 방을 나올 때까지 무작정 기다려 볼까 하는 생각도 했다.

가장 간편한 방법은 마당에 있는 은주 고모한테 은주를 불러내 달라고 하는 것이다. 그러나 이내 고개를 저었다.

보나마나 은주 고모는 히죽 웃으면서 "운-주-는-예-뻐-게-코-오-하-고-있-어. 하-눌-에-벼-르-을-봐-봐. 다-코-오-하-지?"라고 할 것이다. 언젠가 저녁에 내가 은주네 집 밖에서 서성이다가 은주 고모와 마주친 적이 있는데, 은주 고모는 그때 나를 보고 그렇게 말했다.

그 뒤로 은주 고모는 낮이고 밤이고 어쩌다 나와 마주치게 되면 꼭 어눌한 말투로 그렇게 말했다. 아침에 염소를 몰고 나갈 때는 물론이고 내가 당산나무 그늘에서 놀고 있을 때에도 지나가다가 나를 보면 꼭 그렇게 말을 하고 지

나간다. 그럴 때마다 나는 아이들에게 웃음거리가 되고 만다. 아이들은 은주 고모가 무엇 때문에 나를 보고 그런 말을 하겠느냐며 깔깔댔다.

은주가 마당 구석 쪽에 떨어져 있는 담배 건조장 쪽으로라도 나와 주었으면 좋겠다고 생각했다. 그러나 곧 실없는 생각들을 다 집어치우고 대단한 결심을 했다. 은주네 식구들이 깨지 않게 조용히 마당으로 들어간 뒤 은주 방 앞으로 가기로 한 것이다. 은주 고모도 어쩌면 잠들었을지 모른다.

나는 내 생각대로 은주네 집으로 들어갔다. 멍석에 누워 있는 은주 고모가 몸을 뒤척였다. 다행히 그 이상의 기척은 없었다.

백열등이 켜진 은주 방 앞에 서자, 여름이라 문짝에 창호지 대신 모기망이 붙어 있어 방 안의 은주가 잘 보였다. 은주는 밥상을 펴 놓고 그 위에서 뭔가를 끄적이고 있었다. 아마 방학 숙제를 하고 있을 것이다.

은주는 밖의 인기척을 전혀 눈치채지 못하고 있었다. 나는 떨리는 가슴을 가라앉히며 나지막한 소리로 은주를 불렀다. 은주가 깜짝 놀라더니 곧 나를 알아보고는 문을 열었다.

나는 토방 마루에 걸터앉아 은주가 밥상 위에 펼쳐 놓은 것을 유심히 살펴보았다. 짐작대로 방학책을 펴 놓고 숙제를 하고 있었다. 나는 할 말이 얼른 생각나지 않아 그냥 내 방학책을 방으로 들이밀며 모기 소리만 하게 말했다.

"응, 이거……."

은주는 나를 보더니 역시 모기 소리만 하게 말했다.

"미안해서 빌리러 안 갔어."

뭐라고 근사한 말을 해야 할 것 같은데 마음과는 달리 적당한 말이 떠오르지 않았다. 그래서 그냥 무덤덤한 듯한 말투로 "미안하긴……." 하고 둘러대고 말았다.

들어오라는 말도, 나오겠다는 말도 없어 계속 토방 마루에 걸터앉아 있기가 어색해서 나는 일어났다.

은주네 집을 나와 우리 집으로 가는 동안 계속 내가 바보 같다는 생각만 들었다.

집으로 돌아와 내 방에 누웠지만 잠이 오지 않았다. 은주가 왜 나에게 미안하게 생각할까? 그냥 해 본 말일까? 아니면 다른 아이에게 방학책을 이미 빌렸을까? 오만 가지 생각을 다 하며 뒤척이다가 잠이 들었다.

그 뒷날에도 나는 은주가 한 말만 생각했다. 그런데 저녁때 염소를 데리러 산에 갔는데 놀랍게도 은주가 먼저 염소 풀밭에 와서 나를 기다리고 있었다. 은주를 보는 순간,

하마터면 두 다리에 쥐가 나서 그 자리에 주저앉을 뻔했다.

은주는 내 방학책과 밀가루 찐빵을 가지고 와 있었다.

"훈필아, 이거. 니가 고마워서……."

은주는 그 말만 한 채 나에게 빵 한 조각을 건네주면서 자기도 한 입 베어 물었다.

"고맙긴……."

나는 떨리는 가슴을 누르면서 짐짓 무덤덤한 말투로 그렇게 대답하며 빵을 받았다.

은주와 나는 아무 말 없이 염소를 바라보고 서서 빵만 먹었다. 사실 난 빵 맛을 전혀 느끼지 못했다. 보릿가루빵에 비하면 훨씬 맛있는 게 밀가루 찐빵이었지만 빵이 문제가 아니었다. 빵을 물고 있는 그 순간이 그렇게 길게 느껴질 수가 없었다.

나는 어색함을 피해 보려고 괜히 염소에게 다가가 목을 한번 훑어 준 뒤 염소의 살찐 엉덩이를 찰싹 때렸다. 마치 능숙한 가축 사육사처럼.

그때 은주가 말했다.

"염소는 몸집이 작아서 소보다 키우기가 좀 낫쟈?"

"응, 맞어."

나는 무조건 은주 말에 동의했다.

"나도 염소 한번 키워 볼끄나?"

은주의 그 말에 나는 내 꿈이 다 이루어진 것 같은 이상한 느낌을 받았다. '그러지 않아도 언젠가 너랑 같이 목장을 하는 게 내 꿈이여.'라는 말이 튀어나오려고 했지만 그렇게 하지 못했다.

"그럴래? 내가 도와줄게."

은주는 그 말에 그저 말없이 빙그레 웃기만 했다. 오랜만에 보는 은주의 웃음이었다.

은주가 빵과 같이 가져온 내 방학책의 표지 그림엔 하얀 구름이 둥실 떠 있었다. 반바지를 입은 머시마 하나는 매미채를 든 채 버드나무를 올려다보고 있었고, 얌전하게 멜빵 치마를 입은 가시나 하나는 그 옆에 서 있었다. 나는 그 순간 그 머시마가 나고, 가시나는 은주라고 생각했다.

은주와 내가 염소를 앞세우고 해가 지기 시작하는 산길을 나란히 걸어 내려오는데 마을 고갯길에 꽃치가 보였다.

산 그림자가 길게 깔렸다. 꽃치는 그 그림자 속에 이제 막 들어서고 있었다. 은주와 나는 거의 똑같은 순간에 서로를 쳐다보았다. 은주가 먼저 웃었다. 나도 같이 웃었다. 나는 속으로 사랑도 역시 품앗이라고 생각했다.

꽃치의 노랫소리가 들려왔다. 그러나 그가 노래를 부르

고 있다는 생각은 했지만 무슨 노래를 부르는지에 대해선 전혀 관심을 갖지 못했다. 그 순간 곁에 있는 은주 생각말곤 아무 생각도 하지 않고 있었으니까.

말 없는 꽃치,
말 많은 선생님

꽃치는 동네를 순찰하듯 한 바퀴 돌았다. 마치 자기가 동네를 비운 사이에 무슨 일이 없었는지 궁금하다는 듯한 태도로.

하지만 그는 여전히 말이 없었다.

꽃치는 왜 말을 하지 않을까? 그가 노래를 하는 걸 보면 분명히 말을 할 줄은 아는 사람이다. 그러나 지금까지 우리 마을에서 그가 말을 하는 걸 본 사람은 아무도 없다.

가루는 칠수록 고와지고 말은 할수록 거칠어지기 때문에 일부러 말을 하지 않는 걸까? 아니면, 동냥을 해서 먹고 사는 데엔 말을 하는 것보다 말을 하지 않는 것이 더 유리

해서 그러는 걸까? 그것도 저것도 아니면, 세상사 모든 게 시시하고 우스워서 아예 말을 하지 않기로 해 버린 걸까?

물론 누구나 말하고 싶지 않을 때가 있다. 그러나 대부분의 사람은 사흘만, 아니 하루만 말을 하지 않아도 입에서 군내가 나느니 고린내가 나느니 하면서 호들갑을 떨 것이다.

그런데 꽃치는 하루 이틀도 아니고 일 년 열두 달 사시사철 말을 하지 않고 산다. 말을 할 수 있는 사람이 그렇게 말을 하지 않고 살려면, 말을 하지 않는 이유보다는 말을 하지 않고 살 수 있는 비결이 더 중요할 것 같았다. 그 비결이 뭘까?

우리 마을에서 벗어나면 혹시 말을 하는 걸까? 그러기 위해선 우리 마을에서만 말을 하지 않는 이유가 있을 텐데, 특별히 그럴 이유가 있을 것 같지는 않다.

분명한 것은 꽃치가 남의 말을 들을 수는 있다는 것이다. 다시 말해 청각엔 전혀 이상이 없는 것 같다는 얘기다.

가끔, 아주 드물게 꽃치는 밥을 얻어먹은 집의 일을 도와주기도 한다. 부지깽이도 덤벙이는 모내기철이나 가을걷이 때, 꽃치에게 일 좀 도와 달라고 말하면 꽃치는 그 말을 듣고서 좋다 싫다 말은 한 마디도 없지만, 말은커녕 고

개 한 번 끄덕이는 일도 없지만, 무슨 일을 해야 하는지 다 알고 일을 시작한다.

꽃치는 힘이 장사라고 한다. 보통 어른들은 볏단을 양손에 한 뭇씩 들어 나르는데 꽃치는 한 손에 두 뭇씩 넉 단을 들어 나른다. 그것도 가뿐히.

그래서 어른들은 꽃치가 자기 집 일을 해 주길 바란다. 그러면서 꽃치에게 남의 집 일만 해도 거뜬히 먹고살 수 있을 텐데 무엇 때문에 떠돌이 생활을 하느냐며 마을에 눌러앉을 것을 넌지시 권해 본다. 그러나 꽃치는 무슨 말을 들어도 도대체 이렇다 저렇다 말이 없다. 꽃치가 남의 말을 듣기는 분명히 듣는 눈치인데도 말이다.

꽃치는 그런 말을 들으면 반드시 그 뒷날 아침 일찌감치 마을을 떠나 버린다. 그래서 어른들 사이에서는 꽃치한테 마을에 눌러살라는 말을 하지 않는 게 거의 불문율처럼 굳어졌다.

그처럼 남의 집 일만 해도 먹고살 만한 힘을 가지고 있으면서도 꽃치는 왜 떠돌이 동냥치 생활을 할까? 말도 하지 않고, 집도 없이, 이름도 감춘 채 그는 왜 그렇게 살고 있을까?

꽃치를 보면 말을 하지 않아도 전혀 불편하지 않고, 집이 없어도 살 수 있고, 이름이 없어도 자기 자신을 드러낼 수 있는 게 사람이라는 생각이 든다.

그러나 사람들은 자신과 다른 식으로 살고 있는 사람을 보면 자신과 같아지기를 원한다. 그래서 마을 사람들은 말을 하지 않는 꽃치에게 굳이 말을 걸려고 애를 쓰며, 집 없이 떠도는 꽃치에게 한 곳에 머물러 살기를 권하며, 이름을 감춘 그에게 꽃치라는 이름을 붙여 주었다.

사람들은 어쩌면 꽃치가 자신들과 다르게 살고 있다는 데서 불안감을 느끼고 있는지도 모른다. 사실 대부분의 사람들은 자기 자신이 남과 조금이라도 다르다는 생각만 들어도 남과 같아지기 위해 애를 쓴다. 그러나 꽃치는 남과 같아지려고 애를 쓰기는커녕 같아지라고 권하는 말만 들어도 사람들에게서 도망가 버린다.

그는 보통 사람과 다르게 사는 자신에 대해 전혀 불안감을 가지고 있지 않은 것 같았다. 오히려 그의 여러 가지 행동으로 미루어 볼 때 보통 사람과 같아지는 것에 대해 불안감을 가지고 있는지도 모른다.

마을을 한 바퀴 돌고 난 꽃치는 먼저 배롱나무집을 들렀다. 꽃치는 배롱나무를 바라보며 한참 동안 서 있었다. 마치 사람을 대하듯 배롱나무를 어루만지며 고개를 끄덕이곤 했다. 그러고선 그 꽃이 세 번 피어야 쌀밥을 먹는다는 배롱나무의 붉은 꽃을 몇 송이 꺾어 망태기에 꽂았다.

그날 저녁, 꽃치는 밥은 우리 집에 와서 먹고, 잠은 은주네 집에 가서 잤다.

저녁을 먹고 난 뒤 은주네 집에 가 보고 싶었지만 낮에 은주를 만났기 때문에 그곳으로 향하는 내 마음을 억눌렀다.

'꽃치가 오늘 저녁에도 담배 건조장에서 자겠지? 은주 고모는 멍석에 누워 하늘의 별을 세며 구시렁거리고…….'

개학날이 되었다. 그러나 안 갈 수만 있다면 학교에 가고 싶지 않았다. 은주와 지금 당장이라도 목장을 차려 같이 지낼 수만 있다면 말이다.

빨리 자라서 한꺼번에 열 살쯤 더 먹어 버릴 수는 없을까? 나는 내 나이가 열세 살밖에 되지 않은 것이 못내 아쉬웠다.

학교 가는 일이 즐거운 사람은 아무도 없을 것이다. 그러나 학교는 가지 않을 수도 없다.

'쳇, 학교는 왜 생겨 가지고 말썽이다냐…….'

마을에서 나이 든 노인들을 보면 학교고 서당이고 아예 다닌 일이 없어 가나다라를 몰라도 모두 농사일 하고 사는데 아무 지장이 없을뿐더러, 하는 말치고 이치에 닿지 않는 말은 하나도 없을 정도로 맹자 공자가 따로 없다.

그뿐인가. 노인들은 구구단은 몰라도 밭고랑 수와 논마지기 수 모르지 않고, 푸성귀 들고 장에라도 가면 셈 하나 틀리는 일 없이 장만 잘 봐 온다.

아무튼 노인들은 단 하루도 학교에 다닌 일이 없으면서도 사철 절기 모르는 것이 없고, 자기 집은 물론 사돈네 팔촌 제삿날에서부터 그 집 숟가락이나 밥그릇 수, 토방 벽에 걸어 둔 씨앗의 종류에 이르기까지 모르는 것이 하나도 없다. 더더구나 우리 마을은 바닷가 마을이 아닌데도 노인들은 조금이며 사리며 물때까지 다 안다. 오히려 학교에 다니는 우리는 그런 것을 잘 모르는데도 말이다.

그런데도 노인들은 늘 이렇게 말한다.

"내가 학교만 댕겼어도 이러코롬 땅만 파먹고 살지는 않았을 것이여. 한자리를 혀도 단단히 혔제. 암, 허고말고."

정말 그랬을 것 같다. 학교를 다니지 않았어도 모르는 것이 없는데, 학교를 다녔으면 모두들 한자리씩 하고도 남을 만큼 아는 것이 넘쳤을 것이다.

아니다, 아니다. 어쩌면 그 노인들도 학교를 다녔으면 오히려 우리처럼 눈 뜬 바보가 되었을지 모른다. 기회 있을 때마다 정신 교육을 받아도 선생님이 바라는 것의 몇 분의 일도 정신을 못 차리는 우리처럼 말이다.

운동장에서 개학식이 끝나고 교실에 들어가자마자 우리 반 아이들은 예상했던 대로 노총각 담임 선생님한테서 개학에 따른 정신 교육을 받아야 했다.

"여러분, 오랜만에 보니 반가워요. 그러나 선생님으로선 걱정이 앞서요. 누구 하나 예외 없이 얼굴이 새카맣게 탄 걸 보니 여러분 모두 방학 동안 공부는 않고 매일 밖에서 놀기만 한 게 틀림없군요. 사람은 말이에요, 하루만 책을 읽지 않아도 입에 가시가 돋는다고 했어요. 여러분도 이미 잘 알고 있는 그 유명한 안중근 의사가 오죽하면 손도장까지 박아서 그런 말을 붓글씨로 써서 남겼을까요? 그런데도 여러분은 방학 내내 놀기만 했으니 한심한 일이에요. 에— 안중근 의사로 말할 것 같으면 여러분만 한 나이 때 이미……."

그때부터 담임 선생님은 안중근 의사를 들먹이며 정신 교육을 한 시간 이상 했다. 우리는 안중근 의사가 유명한 분인 줄은 알고 있었지만 손도장까지 박았다는 붓글씨는 본 적도 없고, 더구나 대부분의 아이들은 그분이 병을 고쳐 주는 의사인 줄 알고 있어서 의사가 책을 안 읽는 사람들을 위해 뭔가 치료 방법을 붓글씨로 써서 남겼나 보다고 생각했다.

한 시간 이상을 떠들어도 밑천이 떨어지지 않는 선생님의 입담은 대단했다. 그토록 대단한 선생님의 입담은 결국 선생님 자신의 이야기로까지 이어졌다.

"여러분은 방학 동안 신나게 놀아제끼고 말았지만 선생님은 그러지 못했어요. 그 더운 날, 물놀이 한번 못 가고 강습을 받느라 하루 여섯 시간씩 의자에 앉아 있었어요. 내가 왜 그랬는지 알아요? 다 여러분을 위해서였어요. 선생님은 어떻게 하면 여러분을 더 잘 가르치고 훌륭한 사람으로 만들 수 있을까 하는 걸 한시도 잊지 않고 살고 있어요. 그런데 여러분은 선생님의 이런 마음을 너무 몰라줘요."

우리는 선생님의 마음을 다 안다. 오히려 정신 교육을 받기 싫어하는 우리의 마음을 선생님이 모르고 있다. 그런 까닭에 눈치코치 없는 선생님은 결국 '어린 여러분은 잘 모르겠지만……'으로 시작하는 공자 왈 맹자 왈 식의 훈계로 이어 갔다.

어른들은 뭔가 제 발이 저릴 땐 별것도 아닌 걸 부풀려 가며 스스로 흥분하고, 스스로 화내고, 스스로 결론을 내려 가며 장황하게 잔소리를 늘어놓는다.

우리는 하품도 못 하고 선생님의 지루한 정신 교육을 듣고 있어야 했다. 선생님은 다른 반 아이들이 청소를 끝내고 집으로 돌아가는 걸 유리창 너머로 보고서야 "오늘은 이만 간단하게 얘기하겠다."고 하면서 겨우 끝을 냈다.

선생님이 반장에게 방학 과제물을 거두라고 했다. 반장이 아이들에게서 과제물을 거둬 선생님 책상에 갖다 두었다. 그러나 선생님은 아이들이 낸 과제물을 들춰 보지도 않았다. 모르긴 몰라도 선생님은 우리의 방학 과제물을 건성으로 취급하는 것임에 틀림없었다.

사실 우리 같은 촌아이들에게서 제대로 된 방학 과제물을 받는다는 것은 노총각인 선생님 자신이 노총각 딱지를 떼는 일만큼 어려운 일이라는 걸 이미 알고 있기에 그랬는지도 모른다.

서울 아이

개학하고 며칠 지난 뒤였다.

첫째 시간 수업이 끝나자마자 굉장한 소식이 들려왔다. 학교를 무려 여섯 해째나 다니고 있지만 처음 듣는 소식이었다. 그건 대단한 뉴스였다.

"야, 서울서 가시나 하나가 전학 왔단다!"

"뭐, 뭐, 뭐라고야? 서울서 으쨌다고?"

"서울서 가시나 하나가 우리 반으로 전학 왔당께!"

"서울 가시나가 우리 반으로 전학 왔다고야? 가시나가 여학생 반 놔 두고 왜 우리 반으로 온다냐?"

"우리 반이 아니라 우리 학년으로 말이여."

"그라믄 처음부터 그렇게 말해야제. 난 또 우리 반에 가시나가 들어오는 줄 알았단 말이여."

"척 하믄 착이지, 그걸 알아듣지 못하믄 으찌께 해? 바쁘면 말이 잘못 나올 수도 있는 거 아녀."

"알았어, 알았당께. 근디 어떤 가시나여?"

"내가 어떤 가시난 줄까지 어치코롬 아냐? 전학 왔다는 사실만 안 것도 대단한 것인디 말이여."

아직까지 외지의 누구도 우리 학교에 다닌 적이 없다. 우리 학교 학생은 거의가 우리 면 지역 안에서 태어나고 자란 아이들이었다. 그런데 전학생이 왔다니! 그것도 서울에서 여자아이가!

아이들이 흥분하는 건 너무나 당연했다. 재빠른 녀석들은 벌써 복도로 튀어나가 옆 반 교실을 기웃거렸다. 그러나 옆 반엔 별다른 일이 없는지 조용했다. 아이들은 뉴스가 사실인지를 확인하고 싶은 표정들이었다.

바로 그때 복도 저 끝에서 한 여자애를 가운데에 두고 우리 선생님과 옆 반 선생님이 같이 걸어오고 있었다.

"와, 굉장하다!"

한 아이가 이렇게 외치자 다른 아이들이 우르르 복도로 몰려 나갔다. 나도 아이들 틈에 끼어 슬며시 그 '뉴스의 현장'을 구경했다.

정말 '서울 가시나'는 '굉장'했다. 두 갈래로 길게 땋은 머리, 하늘색 블라우스 위에 걸쳐 입은 멜빵 치마, 등에 착 달라붙은 멜빵 가방, 그리고 살양말!

우리 촌가시나들과는 벌써 차림새가 달랐다. 게다가 그 애는 보조개가 팬 얼굴에 살며시 웃음까지 머금고 있었다. 결코 낯선 환경에 대한 두려움이나 망설임은 보이지 않았다.

마침내 서울 가시나는 옆 반 교실로 들어갔다. 우리는 못내 아쉬운 마음에 닭 쫓던 개처럼 그 애가 사라진 복도만 바라보았다. 마음 같아선 옆 반 교실을 기웃거려 보고 싶었지만, 바로 그때 우리 담임 선생님의 호통 소리가 들려왔기 때문에 우리는 교실로 몰려 들어가야 했다.

"가시나가 전학 오는디 우리 선생님이 왜 더 설치는 거여?"

"글씨 말이여, 마치 우리 선생님이 여학생 반 담임 같더란께."

옆 반 담임 선생님은 여선생님이다. 그래서 그런지 어떤 때 보면 우리 선생님은 우리보다 옆 반 선생님에게 더 신경을 쓴다. 오늘도 아마 그런 이유 때문이었을 것이다.

선생님은 우리에게 호통을 친 뒤 바로 교실로 들어오지 않았다. 바로 그 순간, 아이들 눈이 운동장 쪽으로 쏠렸다.

어쩐 일인지 옆 반 선생님은 보이지 않고 우리 선생님이 교무실 옆 화단 가에 서서 화사한 양장 차림을 한 아주머니 한 분과 이야기를 나누고 있었다.

눈치 빠른 아이들은 그 아주머니가 옆 반에 전학 온 서울 아이 어머니일 거라고 판단했다. 물론 그 판단은 틀리지 않았다. 그 아주머니가 운동장을 다 빠져나갈 때까지 우리 선생님은 화단 가에 서 있다가 몸을 돌려 교무실로 들어갔다.

잠시 후 교실에 들어온 담임 선생님은 붉으락푸르락하는 얼굴로 다짜고짜 야단부터 치기 시작했다.

"반장 나와!"

반장은 이미 각오했다는 표정으로 선생님 앞에 섰다.

"넌 아이들을 어떻게 다뤘기에 아침부터 소란을 피우고 그래? 내가 없으면 아이들 조용히 시키고 자습 시키고 하는 게 반장이 할 일이잖아!"

그러나 반장이 그 '뉴스'에 더 들떠 있었으니 아이들을 조용히 시키고 자습 시킬 겨를이 어디 있었겠는가?

반장이 아무런 반응을 보이지 않자 선생님은 더욱 화가

치밀어 우리는 마침내 본격적인 정신 교육을 받아야 했다. 그 바람에 수업을 한 시간도 하지 않았다. 아니다, 수업을 두 시간은 했다. 체육 수업, 오리걸음에 토끼뜀에 땀이 범벅이 된 체육 수업을 말이다.

처음엔 오리걸음을 하든 토끼뜀을 하든 우리는 그저 옆 반에 전학 온 서울 가시나에 대한 생각 때문에 별로 힘든 줄 몰랐다. 그러나 나중엔 다리가 오그라붙은 것처럼 되어 일어나는 것조차 힘들어지자 담임 선생님이 밉다가, 서울 가시나가 밉다가 했다.

열세 살, 우리 담임 선생님은 아무래도 열세 살을 겪지 않고 어른이 되어 버렸는지도 모를 일이다. 그러지 않고서야 그렇게 '앞뒤 모르고' 용감하게 정신 교육을 시키지는 않았을 것이다.

우리 열세 살짜리들은 갑자기 선생님이 가엾게 여겨졌다. 선생님은 우리가 가엾게 여긴다는 사실조차 전혀 눈치 채지 못했겠지만.

서울 가시나 때문에 정신 교육에 이어 특별 체육 수업을 받은 우리 반 아이들은 사나흘 동안 모두 부상당한 맹호 부대 용사들처럼 되어 엉금엉금 기어다녔다. 그래도 틈만 나면 옆 반을 기웃거리며 서울 가시나 얼굴을 한 번이라도 더

보려고 난리들이었다.

그러나 머시마들은 그때까지 아무도 그 애를 제대로 쳐다볼 기회를 갖지 못했다. 그러면 그럴수록 그 아이는 서울 가시나가 아니라 서울 아이로 우리들 가슴속을 파고들었다.

하얀 얼굴, 깨끗한 옷, 웃을 때 드러나는 가지런한 이, 그리고 무엇보다도 나긋나긋한 서울 말씨!

운동장에서 하는 조회 시간 같은 때에도 아이들은 교장 선생님의 훈화 같은 건 아예 귀담아듣지 않고, 서울 아이를 곁눈질 해 가며 한 번이라도 더 쳐다보려고 안달이었다.

그러나 그 애는 얌전히 서서 교장 선생님 말씀에만 귀를 기울였다. 교장 선생님의 훈화라고 해 봐야 일 년 열두 달 그 말이 그 말이어서 우린 거의 외울 정도가 되어 더 이상 관심을 기울일 만한 내용이 없는데도 말이다.

옆 반 가시나들은 머시마들이 서울 아이에게 관심을 갖자 입을 삐쭉거리면서도 서울 아이 주변에 모여들었다.

서울 아이, 그 애는 왜 이런 촌구석에 전학 왔을까? 우린 서울에 못 가서 난린데 그 애는 왜 서울을 떠나왔을까?

지난 여름 방학 때 중학교에 다니는 형 하나가 집 나간지 두어 해 되는 자기 누나를 만나러 간다고 서울에 갔다.

서울특별시 하고도 영등포구 가리봉동 어디라고 적힌 주소 하나 달랑 들고 나갔는데, 그 형은 누나를 찾았는지 어쨌는지 2학기 개학을 해도 돌아오지 않고 있다. 눈앞이 핑핑 돌 정도로 신기한 게 많은 서울이라는데 돌아오고 싶겠는가?

그런데 그런 서울을 두고 이런 촌구석으로 들어오는 이도 있다니 알다가도 모를 게 세상살이였다.

뿐만 아니라 서울 아이는 시골 생활을 전혀 불편해하지 않는 눈치였다. 어떤 면에선 오히려 즐거운 표정이었다. 서울 아이는 자기 반 여자아이들과도 금세 친해져 고무줄놀이나 공기놀이 같은 것도 곧잘 했다.

누구를 대하든지 서글서글했고 구김살이 없었다. 자기 반 아이들은 물론 우리 반 머시마들을 봐도 서슴없이 말을 걸고, 선생님을 만나면 누구에게든 인사를 잘했다.

이래저래 서울 아이는 금세 우리 학교에서 유명 인사가 되어 버렸다. 1학년부터 6학년까지의 아이들 사이에서는 물론 선생님들 사이에서도 모르는 사람이 없게 되었다.

가시나들은 서울 아이의 머리 모양이나 옷차림을 흉내 내고 싶어했지만, 그게 어디 하루 아침에 가능한 일인가. 단발머리를 언제 길러 댕기머리를 할 것이며 무슨 돈이 있어 예쁜 옷을 사 입을 수 있겠는가.

가시나들은 최소한 얼굴이라도 하얗게 보이려고 세수할 때마다 매끌매끌한 조약돌로 얼굴을 빡빡 밀었다. 하지만 하얘지기는커녕 얼굴이 빠알갛게 부어올라 더 흉한 모습이 되고 말았다.

그래서 다른 건 다 포기하고 말투나 서울 아이 흉내를 내 볼까 하고 서울 말씨를 써 보는데 그건 더 우스꽝스러웠다. 서울 아이가 쓰면 나긋나긋하고 고운 서울 말씨가 가시나들이 쓰면 엊저녁에 먹은 하지 감자국 건더기까지 다 넘어올 정도로 역겹고 요사스런 말투로 변해 버렸다.

나는 자기보다 잘났다고 여겨지는 사람 앞에선 아예 말을 하지 않는 게 오히려 점수를 따는 비결이라는 걸 꽃치를 통해 이미 알고 있었다.

꽃치는 사람들 앞에서 결코 말을 하지 않는다. 꼭 그래서만은 아니겠지만, 사람들은 말이 없는 그를 함부로 대하지 않고 먹을 것을 군말 없이 잘 준다. 어찌 보면 얻어먹고 사는 동냥치 신분인 그도 말을 하지 않음으로써 자기 자신을 잘 지킨다고 할 수 있다.

그러나 머시마들은 서울 아이가 아무에게나 말을 잘 붙이는 걸 보고, 서로 환심을 사려고 그 아이가 노는 곳에 나타나 괜히 물어보나 마나 한 말을 걸어 보곤 했다.

"서울이 얼마나 크다냐?"

"서울 아이들도 흙밭에서 논다냐?"

"서울 아이들은 쌈질할 때도 서울 말씨 쓴다냐?"

그럴 때마다 서울 아이는 빙그레 웃으며 꼭 자기가 아이들의 큰누나나 되는 것처럼 말했다.

"서울에 관심이 많구나. 근데 서울은 너무 복잡해서 여기보다 살기가 좋지 않아. 그리고 서울 아이들도 너희들하고 다 똑같은 거야. 화나면 욕도 하고 공부보단 노는 걸 더 좋아하고 그래. 서울 아이들이라고 특별나게 다를 게 뭐 있겠어."

아이들은 서울 아이가 그렇게 말을 하면 할수록 서울 아이에게 더욱 반해 갔다. 역시 서울특별시에서 온 아이는 생각도 특별하게 하는 것 같았다.

서울 아이는 아이들이 물어보는 말이면 뭐든지 자세하고 친절하게 가르쳐 주었다. 창경원의 동물원 얘기며 방송국 얘기며 기차 얘기는 들으면 들을수록 신이 났다.

서울 아이는 방송국 어린이 합창반에서 활동하기도 했다고 했다. 아이들은 방송국이라는 말을 듣는 순간 마른침을 꼴깍 삼켰다. 이 시골엔 아직 라디오도 없는 집이 더 많은데 방송국에서 노래까지 불렀다니!

나는 물어보고 싶은 말이 '너도 자전거 탈 줄 알아?'였으나 끝내 아무것도 물어보지 않고 입을 다물기로 했다. 말할 기회도 잘 나지 않았지만, 그 애 앞에 나서서 말을 할 용기가 나지 않았기 때문이다. 사실은 그런 것보다도 은주가 알게 되면 어쩌나 하는 마음이 들어서였다.

서울 아이는 크게 웃기도 잘하고, 새로운 사실을 알게 되면 "어머! 어머!" 하며 놀라기도 잘했다.

개학한 지 한 달쯤 지난 어느 날, 면 소재지에 사는 아이들이 서울 아이에 대한 새로운 뉴스를 가지고 등교했다.

"서울 아이가 면사무소 앞 삼거리 다방으로 들어가는 걸 봤당께!"

그 소문은 삽시간에 전교생에게 쫙 퍼졌다. 그러나 누구 하나 서울 아이가 왜 삼거리 다방 뒷문으로 들어갔는지를 직접 물어보지는 못했다.

서울 아이에 대한 면 소재지 아이들의 그 다음 정보는 삼거리 다방에 우리 학교 남자 선생님들이 차를 마시러 자주 드나든다는 것이다. 아이들의 정보에 따르면, 삼거리 다방의 주인은 한 달 전쯤 바뀌었다고 했다.

이러저러한 정보를 종합해 볼 때 삼거리 다방의 새로운

주인은 서울 아이 어머니였다. 그런 판단을 하고 보니 그 동안의 궁금증이 조금 풀렸다. 그렇다면 서울 아이 어머니는 무엇 때문에 이 촌구석까지 들어와서 다방을 하게 되었을까?

그러나 그런 건 우리들의 깊은 관심 사항은 아니었다. 우리는 서울 아이가 우리 같은 촌놈 곁으로 와서 살고 있다는 사실만으로도 충분히 감격스러웠고, 서울 아이가 서글서글해서 누구에게나 친절하다는 사실만으로도 이미 감동하고 있었으니까.

푸른 목장

나는 서울 아이를 볼 때마다 은주를 떠올렸다. 다시 말해 은주 얼굴 위에 서울 아이 얼굴을 겹쳐 보는 습관이 생긴 것이다. 그러다 보니 가당치 않은 욕심이지만 은주도 서울 아이처럼 서글서글하면 좋겠다는 생각이 들었다.

그러나 곧 쓸데없는 생각을 버리기로 했다. 은주가 그런 내 마음을 알면 몹시 기분 나빠할 것 같아서였다.

서울 아이 때문에 학기 초를 들뜬 채 보낸 건 사실이다. 그러나 내 꿈동이인 염소를 돌보는 일은 결코 소홀히 하지 않았다. 널따란 푸른 목장에서 은주와 같이 지내는 꿈을 결코 포기할 수 없었기 때문이다. 나는 그 꿈을 현실 속에서 구체화하기 위해 염소를 늘 매어 놓는 산언덕을 이미 '푸른 목장'이라 이름까지 지어 놓고 학교가 끝나기만 하면 산으로 뛰어올라 갔다. 언젠가 그 산은 내가 목장장이 되고 은주가 목장장 부인이 되는 푸른 목장의 터전이 될 것이라고 속으로 다짐하면서.

그러던 어느 날, 우리의 푸른 목장에 은주가 찾아왔다. 서울 아이 어머니에 대한 뒷이야기로 아이들이 수군대던 무렵이었다. 은주는 삶은 옥수수 두 개를 들고 있었다.

"응, 이거."

"……."

나는 아무 말도 못 하고 은주가 내미는 옥수수를 받아들고는 앞니로 베어 물었다. 알이 몹시 딱딱했다. 사실 옥수수를 삶아 먹는 시기는 조금 지났다. 그런데도 은주가 옥수수를 삶아 일부러 푸른 목장까지 찾아온 것은 뭔가 할 말이 있기 때문일 것이다. 나는 남 앞에서 말은 잘하지 못하지만 생각은 남 이상으로 할 줄 안다.

은주는 다짜고짜 물어보지도 않은 말을 했다.

"그 애…… 서울에서 전학 온 애 말이여……."

나는 은주가 무슨 말을 하려고 그러나 싶어 적당한 대답거리를 찾지 못하고 멈칫거렸다.

"그 애 참 안됐더라잉……. 걔네 아부지가 사업에 망해서 목매달고 죽어 뿌렀대."

"뭐라고야?"

그제야 나는 은주가 무슨 얘기를 하려고 왔는지 알아챌 수 있었다. 그렇지만 은주가 나에게 그 이야기를 굳이 들려주는 뜻은 알 수 없었다.

"그래서 시골로 이사 왔는갑서. 그 애 어무니 고향은 우리 면이 아니고 읍내라고 하더라. 근디 마침 삼거리 다방 자리가 나게 되어 우리 면으로 이사 오게 되었디야."

나는 은주의 이야기를 듣고 있긴 했지만, 그런 이야기가 그다지 중요하다고 느끼진 않았다.

"참 안됐쟈?"

은주가 그렇게 물으면서 내 표정을 살짝 살피는 눈치였다. 나는 은주가 그렇게 묻는 속뜻을 몰랐다.

"글씨……."

나는 그렇게밖에 대답을 못 하는 내 자신이 원망스러웠다. 그러나 은주가 묻는 말에 곧이곧대로 대답할 순 없다는 생각이 순간적으로 들어 그렇게 대답한 것이다.

은주는 뭔가 할 말이 더 있는 것 같으면서도 말을 아끼는 표정이었다. 나는 괜히 안달이 났다. 그러나 내 말주변으론 은주와 어색하지 않게 있을 재주가 없었다.

마침내 은주가 뭔가 단단히 결심한 듯한 말투로 더듬더듬 물었다.

"니도, 훈필이 니도 말이다, 서울 아이가 좋나?"

그 말을 하고서 은주는 쑥스러운지 염소한테로 가서 괜히 염소의 등을 긁는 시늉을 했다.

나는 정말이지 미처 생각지도 못한 뜻밖의 질문을 받자 당황하지 않을 수 없었다. 서울 아이가 좋은 건 사실이지만 은주에게 그렇다고 말할 수는 없지 않은가. 그렇다고 '은주 니가 그 애보다 더 좋다.' 그렇게 말할 만한 용기도 없었다. 나는 곁에 있는 돌멩이 하나를 집어 들어 산 아래로 냅다 던졌다. 머얼리, 힘껏.

은주도 나를 좋아하는구나 하는 생각이 들었다.

은주는 여전히 염소의 잔등을 쓰다듬고 있었다. 은주는 나를 한 번 힐끗 쳐다보더니 보일 듯 말 듯 웃고선 엉뚱한 말을 했다.

"지난번에 방학책 빌려줘서 고마웠다야."

방학책에 대한 인사는 진작에 하지 않았던가? 그런데 은주는 왜 새삼스럽게 그 얘기를 또 꺼낼까? 그러나 나로선 듣기가 거북하거나 싫거나 그런 건 전혀 아니었다.

산 그림자가 제법 길어져 산 아래에 있는 마을을 조금씩 먹어 오고 있었다. 나는 염소를 매어 놓은 말뚝을 뽑아 들었다.

"야 은주야, 내려가자."

달리 할 말이 별로 없어 겨우 내려가자고 하고 말았다. 좀 더 근사하고 그럴싸한 말은 없었을까?

은주와 나는 앞서거니 뒤서거니 하면서 염소 뒤를 따라 내려왔다. 산을 다 내려와 막 큰길에 들어섰을 때, 우리 마을 쪽에서 한 여자아이가 자전거를 타고 우리 쪽으로 다가오고 있었다.

은주와 나는 거의 동시에 서로 얼굴을 쳐다보았다. 자전거를 탄 아이는 서울 아이였다.

"야, 너희들 염소 키우니?"

서울 아이는 자전거에서 내리면서 그렇게 물었다. 은주는 얼굴이 조금 붉어지면서 아무 말도 하지 않았다.

그때 엉뚱하게도, 정말로 내 자신도 미처 생각하지 않았던 대답이 내 입에서 튀어나오고 말았다.

"응, 나중에 은주랑 같이 목장 할라고 지금부터 연습삼아 길러 보는디 잘 될랑가 모르겠어."

"야, 멋있는 생각이다. 목장 잘 되면 나도 초대해서 구경시켜 줄 거지?"

"……."

나는 내 대답이 뜻밖이었던 것과 마찬가지로 서울 아이 물음 또한 뜻밖이어서 뭐라고 다른 대꾸를 하지 못하고 말았다.

서울 아이는 나중에 또 보자고 인사하며 여유 있게 자전거를 몰고 면 소재지 마을 쪽으로 갔다. 자전거 짐받이엔 짚으로 엮은 달걀 꾸러미 두 줄이 대바구니에 담긴 채 실려 있었다.

나는 서울 아이가 자전거를 탈 줄 아는 정도가 아니라 자신의 자전거가 있다는 사실까지 두 눈으로 확인해 버린 터라 서울 아이에게 물어볼 말은 영영 없어져 버렸다.

꽃을 좋아하는 마음

세월아 세월아

세월아 가지 마라

아까운 청춘들이

다 늙는다

세월아 가지 마라

가는 세월 어쩔거나

꽃치의 노래가 고개를 넘어오고 있었다. 꽃치의 세월이 고개를 넘어오고 있었다. 꽃치의 몸이 고개를 넘어오고 있었다.

나는 꽃치가 건드렁건드렁 넘어오는 고갯길을 피해 푸른 목장이 있는 산으로 갔다.

가을바람이 선선하게 불어왔다.

나는 푸른 목장에 서서 마을 앞 들을 바라보았다. 누렇게 익은 벼들이 바람이 불 때마다 제 몸을 못 이기고 출렁거렸다. 일찍 추수를 한 논자리는 듬성듬성 검은 바닥을 드러내고 있었다. 빈 논자리는 마치 쇠버짐 내려앉은 아이들 머리통 같았다.

바람은 그 빈 논자리도 쓸고 갈 터인데도 그곳에 바람이 머무는 흔적은 볼 수 없었다. 바람은 바람 자신을 통해서가 아니라 흔들리는 대상을 통해서만 자신을 드러내므로.

그새 꽃치는 마을로 들어가고 보이지 않았다.

그동안 마을에선 꽃치와 은주 고모가 연애를 한다는 소문이 상당히 설득력 있는 근거와 함께 퍼졌다. 그러나 어른들은 더 이상 알아보려고 하지도 않고 그런 소리를 하는 아이들만 나무랐다.

"씰데없는 소리들 하지 말라고 했그만 또……."

어른들은 아이들이 꽃치와 은주 고모에 대해서 수군거리는 소리를 들으면 누구 하나 예외 없이 그렇게 말했다.

아이들은 어른들이 그렇게 무시해 버리면 무시해 버릴

수록 더 알고 싶어졌다. 그래도 다행인 것은 아이들이 나와 은주의 관계에 대해선 들먹거리지 않는다는 것이었다. 이 점에선 먼저 서울 아이에게 고마워해야 할 일인지도 몰랐다. 저번에 은주와 내가 푸른 목장에서 내려올 때 정면으로 마주쳤는데도 그런 사실을 입 싸게 떠들지 않았다는 것이 참 고마웠다. 다른 아이들 같았으면 이미 온 마을에 있는 소리 없는 소리 되는 대로 섞어서 신나게 소문을 냈을 것이다. 역시 서울 아이는 우리 담임 선생님 식으로 표현하자면 교양이 있었다.

그런데 꽃치는 말을 하지 않는 사람이고, 은주 고모는 말을 앞뒤가 맞지 않게 하는 사람이다. 아이들이 궁금해하는 것은 바로 그 점에 있다.

"말을 하지 않는 사람하고 말을 제대로 못 하는 사람끼리도 연애를 할 수 있으끄나?"

"바보 같은 놈, 연애를 말로 한다냐? 마음만 통하믄 그냥 번갯불이 번쩍번쩍 나는 법이여."

"히야, 꼭 연애해 본 놈같이 얘기한다. 번갯불이 으찐다고?"

"야 인마, 너는 곁눈질에 정 붙는다는 소리도 모르냐? 남자와 여자라는 것은 말이다, 제대로 쳐다보지 않고도 정을 주고받을 수 있게 만들어진 동물인 것이여. 그란디 그까짓 말이 무슨 소용이여?"

꽃치와 은주 고모의 연애설을 주장하는 아이들은 연애를 말로 하느냐며 제법 아는 체를 했다.

말은 그럴싸했지만, 나같이 말을 정상적으로 할 수 있는 사람도 연애가 쉽지 않다는 걸 알고 나면 은주 고모의 연애설에 대해 "글쎄……." 하며 고개를 갸우뚱거리게 될 것이다.

꽃치는 가을 추수를 하는 동안 몇 집의 일을 거들어 주었다. 그런데 그 바쁜 속에서도 꽃치는 반드시 꽃을 꺾어 망태기에 꽂았다. 요즘엔 주로 코스모스를 많이 꺾는데 자기 망태기에 한 가득 꽂고도 한 다발을 더 꺾어 따로 묶었다.

은주네 담배 건조장에서 시든 꽃다발이 늘 발견되는 걸로 미루어 볼 때, 따로 묶은 그 꽃다발을 은주 고모에게 갖다 주는 눈치였다. 아이들은 용케도 그런 사실을 알아내어 수군거렸다.

"야, 꽃치가 코스모스 다발을 꺾어서 은주 고모헌티 갖다 준다더라."

"정말이여?"

"응, 꽃치가 만든 꽃다발이 은주네 집에 걸려 있다던디."

꽃치가 왜 꽃을 좋아하는지 그 이유는 알 수 없다. 그러나 확실한 건 자기가 좋아하는 사람에게 꽃을 주고 싶어 하는 마음은 정상인이나 비정상인이나 마찬가지라는 사실이다.

꽃을 좋아하는 마음, 그 마음에 이미 연애 감정이 스며 있는지도 모를 일이다. 그래서 꽃치가 그토록 많은 꽃을 꽂고 다니는 것은 어쩌면 자기를 사랑해 줄 사람을 기다리는 마음에서, 또 자기가 사랑할 누군가를 찾기 위해서 그러는지도 모를 일이다. 그렇다면 꽃치는 지금 사랑을 주고받을 사람을 찾았단 말인가?

그건 아무도 알 수 없다. 아무도 꽃치의 입에서 그 사실을 직접 들은 사람이 없었으므로.

나도 꽃치 흉내를 내어 가끔 들꽃을 꺾어 만든 꽃다발을 은주네 집 사립문 안쪽에 걸어 놓곤 했다. 혹시라도 은주가 그걸 발견해서 내 마음을 알아주기를 바라는 마음에서였다.

그러나 나중에 은주네 집 앞을 지나며 슬쩍 사립문을 쳐다보면 내가 걸어 놓은 꽃다발은 그대로 있었다. 그럴 때면 나는 가슴이 상당히 아릿했다. 내가 만든 꽃다발인 줄 은주는 모르는 모양이었다. 애가 탔지만 꽃다발에 내 이름을 써서 달아맬 수도 없는 일이어서 혼자 끙끙 앓는 수밖에 없었다.

꽃치는 남의 집 일을 하더라도 결코 술은 마시지 않았다. 일을 하다 보면 땀이 나고 목이 칼칼해져 우리 같은 아이들도 막걸리 생각이 곧잘 나는데 꽃치는 애당초 술 생각이라는 게 나지 않는 모양이었다. 하기야 어른들 말마따나 술을 마시지 않아도 미쳐서 살 수 있는데 굳이 술을 또 마실 필요가 어디 있겠는가.

어른들은 술을 마셔야 일을 할 수 있다고 입버릇처럼 말한다.

"술 없인 한나절도 일 못 헌다니께. 술기운이 일 시킨께 일하는 것이제, 사람 기운으로 일하간디."

맨정신으론 하루 이틀도 아니고 매일매일 그 많은 일을 해낼 수 없다는 것이었다. 술을 마셔야 그나마 술기운을 받아 일에 미쳐 견뎌 낼 수 있다는 얘기였다.

맨정신으로는 살기가 힘들다는 이야기인데, 그런 면에서 사람들은 꽃치가 부러운지도 모른다. 그러나 부러워할 사람이 따로 있지, 꽃치 같은 사람을 부러워하다니! 지저분한 냄새투성이의 꽃치를.

꽃치도 사람들이 자기 몸에서 나는 냄새를 싫어한다는

것을 알 것이다. 그런데도 꽃치는 땀을 흘리며 일을 하고도 씻을 생각을 하지 않는다. 하기야 꽃치가 뭐가 아쉬워서 남 생각 해 가며 자기 몸을 닦겠는가. 남이 자기를 어떻게 생각하는가를 염두에 두었다면 꽃치는 결코 그렇게 살지 않았을 것이다.

꽃치는 절대로 남을 의식하며 살지 않는다. 그렇다고 해서 남에게 피해를 끼치는 일도 없다. 얻어먹고 사는 동냥치이지만 그가 먹는 밥값은 그가 가끔 해 주는 일로 충분히 갚아진다고 할 수 있다. 그런 점에서 그는 결코 얻어만 먹고 사는 사람은 아니다.

마을 사람들은 힘들게 일하고 사람 사는 일로 이래저래 시달리면서도, 그래도 자신이 꽃치보다는 낫다고 생각한다. 집도 없고, 처자식도 없고, 말도 없는 꽃치가 불행해 보여서 나오는 생각들이다.

어쩌다 사람들은 "꽃치보다 못한 삶"이라며 자조적으로 한숨을 내쉬는 일이 많지만, 사실은 그 한숨 속에서조차 자신의 처지가 그래도 꽃치보다는 나으니 견디며 살아야 하지 않겠느냐는 뜻이 숨어 있는 것이다.

그렇다면 꽃치는 사람들이 생각하는 그만큼 정말로 불행한 것인가? 꽃치 자신은 절대로 그렇게 생각하지 않을 것이다. 어쩌면 꽃치는 행복이니 불행이니 하는 걸 아예 생각조차 하지 않는지도 모른다.

동백 아가씨

아침저녁으로 기온이 떨어져 긴소매 옷을 찾아 입어야 했다. 물론 날씨 변화에 민감한 사람은 아이들보다는 노인들이었다. 노인들은 음력 팔월만 들어서면 벌써 삭신이 쑤시고 오그라진다며 방에 군불을 때라고 성화였다.

"느이도 내 나이 되아 봐라. 뻰신 뼈따구에 찬 기운이 들어가믄 얼매나 시린지 알게 될 틴께."

노인들만큼 민감한 것은 아니지만, 젊은 사람도 추위 더위를 전혀 안 느끼는 건 아니다. 왜 사람 몸은 그렇게 요사스럽고 간사스럽게 만들어져서 조금 더우면 덥다, 조금 추우면 춥다고 호들갑을 떠는 걸까?

개나 소나 돼지는 여름이든 겨울이든 따로 옷을 갈아입지 않아도 되는데 사람은 어쩐 일인지 철따라 옷을 갈아입지 않으면 살 수가 없다. 그런 점에서 보면 꽃치는 자연 상태에 가장 가까운 사람인지도 모른다. 여름이든 겨울이든 두꺼운 솜옷을 입고 사는 그, 그의 몸엔 결코 옷이 여러 벌 필요하지 않다.

그가 여름에도 두꺼운 솜옷을 입고 있는 걸 보면 그 자신보다 그를 쳐다보는 사람들이 더 더워한다. 사람들은 그의 차림만 봐도 숨이 턱에 차서 컥컥거리는 시늉을 한다.

그러나 그는 조금도 더워하는 표정이 아니다. 하긴 사막의 낙타는 그 뜨거운 태양 아래를 걸을 때도 무성한 털옷을 입고 다닌다.

가을 추수가 대충 끝나자 꽃치는 홀연히 마을을 떠났다.

그를 두고 누가 뭐라 하든, 남들이 무슨 생각을 하든 꽃치는 오면 가고, 가면 또 온다. 오고 가는 절기처럼 자연스럽게 오고 갈 뿐이다.

구름에 싸인 달을 너는 보았지
세상은 구름이요 홍도는 달빛
하늘이 믿으시는 네 사랑에는

구름에 싸인 달을 보기 위해 구름을 거둬 주는 바람.

꽃치는 그 바람처럼 노래를 부르며 고개를 넘어갔다.

그는 '구름을 거둬 주는 바람'이고 싶은지도 모른다.

말은 하지 않지만, 꽃치가 세상을 향해 하고 싶은 말은 어쩌면 그가 부르는 노래 속에 다 들어 있는지 모른다. 단지 사람들이 그의 노래를 귀 기울여 듣지 않을 뿐.

꽃치가 가고 나자 곧바로 추석 명절이 되었다.

꽃치는 추석이나 설 같은 명절 때가 되면 반드시 미리 마을을 떠난다. 풍년에 거지 노릇 하기가 더 힘든 것처럼 명절 땐 자칫하면 천덕꾸러기가 될지도 모른다는 생각에서인 것 같았다.

그렇다면 꽃치는 명절 땐 어디 가서 지낼까? 그도 찾아갈 고향과 부모 형제가 있는 것일까? 있다 한들 거지 가운데에서도 상거지인 그를 부모 형제라고 해서 반겨 주기나 할까? 그도 이 세상에 태어날 땐 그 누군가의 귀한 자식이었을 텐데 말이다.

어쩌면 지금도 그는 누군가의 귀한 자식일 것이다. 꽃치의 나이를 짐작하기는 어렵지만, 그의 부모는 머리가 하얀 할아버지 할머니가 되어 있을 것 같았다.

그렇다면 그 늙은 부모는 여느 부모와 마찬가지로 명절 때가 되면 '귀한 자식'인 꽂치를 기다릴 것이다. 그의 부모에게 그는 꽂치가 아니고 원래 태어났을 때부터 불린 이름으로 남아 있을 터이지만 말이다.

추석 다음 날인 음력 팔월 열엿새 날 저녁, 그 이름도 어마어마한 '중추절 면민 대항 가요 콩쿨 대회'가 면 소재지 마을에서 열렸다.

아이들은 괜히 아침부터 들떠서 장에 따라가는 강아지처럼 설치며 돌아다녔다. 물론 나이 어린 아이들은 그 '콩쿨 대회'에 참가할 수 있는 자격이 아예 없었다. 고등학생 이상의 나이, 그러니까 최소한 열일곱 살은 되어야 그 대회에 나갈 수 있었다.

그러나 아이들은 대회에 나가고 못 나가고 그런 것보단 심심한 촌구석에 구경거리가 생겼다는 것만으로도 즐겁고 신이 났다. 남들이 노래 부르는 걸 보면서 몇 년 후 자신의 모습을 그려 보는 것이다. 아이들은 자신이 자라서 저 나이에 노래를 부르면 못 불러도 배호나 이미자 정도는 부를 것이라고 서로 호기를 부린다.

나는 그런 소리를 들을 때마다 은근히 걱정되는 게 하나 있었다. 배호나 이미자가 노래를 잘 부르는 가수라는 건 알고 있었지만, 내가 제대로 부를 수 있는 유행가는 하나도 없다. 심지어는 푸른 목장의 '주제가'로 삼은 '시원한 밀짚모자……'라는 노래조차도 제대로 부를 줄 모른다. 어쩌다 마을 확성기에 연결된 이장집 라디오를 통해 그 노래가 흘러나오면 유심히 듣긴 하지만, 노래를 부를 수 있을 정도로 익힌다는 게 그리 쉬운 일은 아니었다.

그런데 결혼식이 끝난 뒤 댕기풀이 같은 것을 할 때 보면 신랑에게 꼭 노래를 시킨다.

"신랑, 얼릉 노래 안 하믄 이 다듬잇방망이가 가만 있질 않을 틴게 빨랑빨랑 한 곡조 뽑더라고잉!"

"아따, 난 아는 노래가 없는디……."

"뭔 소리여, 장가가는 사람이 노래 한 자루도 준비 안 했단 말이여? 그렇다믄 이 방망이가 오랜만에 임자 한번 옳게 만나게 생겼구먼."

만약 신랑이 끝까지 노래를 하지 않으면, 거기 모인 사람들은 신랑을 대들보 같은 곳에 거꾸로 매달아 놓고 정말로 다듬잇방망이로 신랑의 발바닥을 인정사정없이 두들겨팬다.

"아이쿠, 아이쿠, 신랑 살려!"

"자, 신랑이 노래를 하지 않은께 신부가 대신 하시요! 안 그라믄 신랑을 계속 때릴 틴께 알아서 하쇼. 노래를 부르든지 첫날밤도 못 보내고 청상과부가 되든지. 인자 신랑 목숨까정 신부헌티 달려 있은께 알아서 하쇼잉."

이쯤 되면 장난이 아니다. 만약 신부가 노래를 부르지 않으면 신랑은 그야말로 초주검이 될 때까지 일삼아 매를 견뎌야 한다.

나는 그런 풍경을 자주 보았기 때문에 진작부터 유행가 하나쯤은 익혀 놓아야겠다고 마음먹고 있었다.

그러나 유행가를 배운다는 게 쉬운 일은 아니었다. 라디오에서 배우고 싶은 노래가 나올 때 잘 들어 두었다가 따라 해 봐야 되는데, 우리 집엔 라디오가 없으니 따라 해 보기는커녕 한번 들어 보기도 힘들었다. 그렇다면 그 노래를 아는 어른이나 형들에게 노래를 직접 배워야 하는데, 나는 숫기가 없어 그 누구에게도 노래 좀 가르쳐 달라고 할 만한 용기가 나지 않았다.

아직 장가들 나이가 되려면 최소한 10년은 더 있어야 하므로 시간적인 여유는 충분하지만, 마음 한구석엔 늘 노래 하나쯤은 익혀 둬야겠다는 생각이 자리 잡고 있었다.

어쩌면 나도 모르게 꽃치에게 관심을 갖는 이유 가운데

하나는 꽃치가 노래를 잘한다는 사실 때문인지도 모른다. 그는 직업 가수들처럼 입만 잘 놀려 그냥 노래만 잘하는 게 아니라 꼭 필요할 때 필요한 노래를 잘한다. 말하자면 노래를 알고 노래를 하는 사람이다. 그래서 나는 늘 감탄을 한다. 도대체 꽃치는 그 많은 노래를 언제 어디서 다 배웠을까?

꽃치는 정말이지 모르는 노래가 없는 것 같았다. 우리가 학교에서 배운 동요부터 시작해서 민요, 판소리, 타령, 유행가에 이르기까지 그는 마음만 먹으면 어떤 노래든 다 부를 수 있을 것 같았다.

그의 노래는 그의 말이다. 그의 노래는 그의 삶이다. 그러니 입만 열면 그때 그때 필요한 노래, 적당한 노래가 막 터져 나오는 것일 게다.

아무튼 나는 그가 부럽다. 그의 노래가 부럽다. 그러나 그처럼 살 자신은 없다. 그의 노래처럼 살 자신도 없다. 그렇다면 나는 장가들 때까지 노래를 배울 기회가 영영 없는 것일까?

저녁밥을 먹자마자 우리 또래 아이들도 응원차 마을 청년들 틈에 끼어 면 소재지 마을로 갔다. 우리 마을에선 집 나갔다 돌아온 이장집 넷째 아들과 월남 갔다 온 배롱나무

집 셋째 아들이 콩쿨 대회에 참가했다.

콩쿨 대회 장소는 장터에 널찍하게 자리잡고 있었다. 소달구지 세 대를 이어 만든 무대엔 백열전등이 환하게 켜져 있었으며 무대 위엔 마이크 시설도 준비되어 있었다.

우리는 추석 때 어렵사리 얻은 신발을 벗고 들어가 무대 앞쪽에 깔린 멍석에 자리를 잡고 앉았다. 혹시라도 새 신발을 잃어버리면 아버지의 무지막지한 손을 피할 길 없이, 그야말로 매타작감이 될 수도 있으므로 신발은 한 묶음으로 포갠 뒤 엉덩이 밑에 야무지게 깔고 앉았다.

늙수그레한 면 소재지 마을 이장의 인사 말씀이 있고, 약방, 기름집, 농약사, 이발소, 철물점 따위의 찬조금 소개가 있은 뒤, 상품 소개에 이어 곧바로 노래 대회가 시작되었다.

첫 번째 참가자는 장터에서 고깃간을 하는 아저씨였다. 문주란이 부르는 〈동숙의 노래〉를 불렀는데 '그리움이 변해서 사무친 미움'까진 얼굴 표정까지 심각하게 지어 가며 그런대로 잘 끌고 나갔다. 그런데 '원한 맺힌 마음에 잘못 생각해……'라는 대목에서 그만 가사를 까먹고 말았다. 고깃간 아저씨는 계속 머리를 긁적거렸지만, 머리를 긁어도 더 이상 노래가 나오지 않아 결국 '원한 맺힌 마음'을 풀어내지 못하고 말았다.

배롱나무집 셋째 아들은 읍내에 다방을 차린 뒤 전축을 틀어 놓고 콩쿨 대회에 대비해 나름대로 노래 연습을 했는지 배호의 〈돌아가는 삼각지〉를 잘 흉내 냈다. 그러나 노래 중간에 마이크가 두 번이나 끊어져 삼각지 로터리를 제대로 돌지 못하고 그때마다 노래를 다시 시작해야 했다.

그는 마이크가 두 번씩이나 끊어지자 사회자를 쳐다보며 마침내 시비조로 건들거렸다.

"내가 이래 봬도 왕년에 월남 땅 정글에서 베트콩 잡던 맹호 부댄디 왜 이러는 것이여!"

그러나 사회를 보는 청년도 만만치 않았다. 라디오 쇼 프로의 사회자 흉내를 내어 짐짓 서울말로 능청스럽게 넘어갔다.

"아, 네, 그렇군요. 아무래도 베트콩 귀신이 여기까지 따라와 마이크에 붙어서 그랬는가 봅니다. 이해하셔야겠습니다."

사회자가 얼레발을 치자 관객들이 박수를 쳤다. 결국 배롱나무집 셋째 아들만 머쓱해지고 말았다.

이장집 넷째 아들은 〈대머리 총각〉을 부르기 위해 그랬는지 자기 아버지가 쓰는 중절모자까지 쓰고 모양새를 갖추었지만, 노래를 부른다고 할 만한 수준이 영 아니어서

관객들의 야유를 받으며 무대를 내려와야 했다.

이 마을 저 마을에서 나온 30여 명의 참가자들의 노래를 듣는 동안, 나는 속으로 줄곧 꽃치가 콩쿨 대회에 나왔으면 어땠을까 하는 생각을 하고 있었다. 모두들 노래를 제법 하긴 했지만 꽃치가 부르는 노래만큼 목청이나 감동이 못했기 때문이다.

그날, 일등을 해서 큼지막한 가마솥을 상으로 받은 사람은 뜻밖에도 서울 아이 어머니였다. 서울 아이 어머니는 이미자의 〈동백 아가씨〉를 불렀는데 나이 든 아저씨, 아줌마에서부터 처녀, 총각에 이르기까지 모두 입을 딱 벌린 채 노래 속에 빨려 들었다.

헤일 수 없이 수많은 밤을
내 가슴 도려 내는 아픔에 겨워
얼마나 울었던가 동백 아가씨
그리움에 지쳐서 울다 지쳐서
꽃잎은 빨갛게 멍이 들었소

'꽃잎은 빨갛게 멍이 들었소.' 하는 대목에 이르자 나도 왠지 모르게 가슴이 찡했다. 꽃잎이 빨갛게 멍이 들다니!

동백꽃이 그런 꽃이었던가.

멍이 든 꽃.

나 자신도 동백꽃처럼 빨간 멍이 든 것 같은 생각이 들었다.

사람들은 적당한 키에 머리를 틀어 올리고 옥색 한복을 맵시 있게 입고 나와 지그시 눈을 감은 채 노래를 부르는 서울 아이 어머니를 보자 그만 넋이 나간 듯했다.

"아니, 저 아짐씨 누구여? 써커스 가수가 온 거여?"

"히야, 이미자보다 훨씬 더 잘 부르네."

"노래만이 아녀. 인물도 이미자보다 훨씬 낫구먼."

"자네가 이미자를 언제 봤다고 그려? 난 이미자를 못 봐서 인물이 이미자보다 나은지 어쩐진 알 수 없지만, 노랜 훨씬 잘하는구먼!"

"아, 저번에 목포 갔을 때 선창가에 나붙은 극장 선전판에서 내 눈으로 이미자를 똑똑히 봤는디 이미자보다 인물도 훨씬 낫소."

"그려? 그렇다믄 그런 셈 치고. 근디 저 아짐씨 아적까지 못 보던 사람인디 누구당가?"

"소문도 못 들었는가 비여. 면사무소 앞 삼거리 다방 주인 아녀. 다방 주인 바뀐 지가 언젠디."

"내가 생전 살아야 다방 갈 일이 있어야제……."

가요 콩쿨 대회 이후 서울 아이 어머니는 가수라고 소문이 났다. 서커스단을 따라다니며 가수 생활을 했다는 것이다. 그러다가 서커스 단장과 눈이 맞아 아이를 뱄는데 그 단장은 이미 마누라가 있는 몸이어서 어쩌고저쩌고하는 소문이 그럴싸하게 퍼지기도 했다.

그런가 하면 소문 가운데엔 은주한테 들은 바 있는 '서울 아이 아버지의 사업 실패 자살설'도 끼여 있었다. 또 서울 어디서 원래 다방을 하던 사람인데 평생 노름만 하던 서방이 술병으로 죽은 뒤 서방이 진 노름빚을 청산하느라 다방을 처분했다는 얘기도 있었다. 그러한 까닭에 무슨 일을 하며 살아야 할까 고심하던 차에 읍내에 사는 친정의 먼 친척이 면사무소 앞 삼거리 다방을 해 보라고 소개했다는 소문도 그럴싸했다.

어른들은 이상하게도 남의 얘기를 잘도 지어내고 관심도 많았다. 다른 사람의 불행이 곧 자기의 행복도 아닌데, 남의 불행한 이야기는 아주 좋은 얘깃거리가 되는 것이다. 그러다가도 막상 남의 불행을 보면 같이 눈물짓는 게 또 어른들이었다. 그러나 남의 행복을 보고 같이 웃음짓는 일은 별로 보지 못했다.

생일 선물

나는 콩쿨 대회에서 서울 아이 어머니의 노래를 듣고 난 뒤부터 서울 아이에 대해 그전과는 다른 생각을 품게 되었다.

서울 아이는 처음 전학 올 때나 지금이나 여전히 명랑하고 사근사근했다. 그렇지만 처음과는 달리 그동안 나는 그 아이에 대해 그다지 관심을 갖지 못하고 있었다. 물어볼 말도 없고, 말을 나눠야 할 만한 일도 일어나지 않았다.

그런데 엉뚱하게도 콩쿨 대회 이후 푸른 목장에 어울리는 밀짚모자 아가씨는 은주보다 서울 아이 같다는 생각이 자꾸 들었다. 은주는 무뚝뚝하고, 서울 아이는 쾌활하다.

은주는 시골말을 쓰고, 서울 아이는 서울말을 쓴다. 은주는 키가 작고, 서울 아이는 키가 크다. 은주는 얼굴이 검고, 서울 아이는 얼굴이 희다. 은주는 향단이고, 서울 아이는 춘향이다.

나는 자꾸만 그렇게 은주와 서울 아이를 비교하는 습관이 생겼다. 그러면 안 된다는 생각이 들기도 했지만, 한편으론 그래서 안 될 것도 없다는 생각도 들었다.

비록 꽃치 흉내를 낸 것이긴 하지만, 내가 은주네 사립문 안에 꽃다발을 수도 없이 걸어 놓았는데도 은주는 그동안 꽃에 대해서 한 마디도 하지 않았다. 그 사실을 떠올리니 갑자기 은주에게 서운한 생각이 들었다.

'가시나, 내가 갖다 놓은 줄 알면서도 새치름하긴.'

사립문 안쪽에 걸어 놓은 꽃다발을 내가 갖다 놓은 줄 은주가 어떻게 알리요만, 난 은주가 일부러 모르는 척하는 거라고 생각했다.

서울 아이 같으면 어땠을까? 내가 갖다 놓았다는 걸 눈치채면 바로 나에게 고맙다며 사근사근하게 웃으며 말했을까?

모를 일이다. 그러나 나는 자꾸만 서울 아이 같았으면 절대로 남의 마음을 몰라주지 않고 꼭 반응을 보였을 거라는 생각이 들었다.

추석이 지나면서 찬 이슬이 내리는 날이 많아지자 슬슬 염소의 겨우살이 준비를 하기 시작했다. 풀을 베어다가 말리기도 하고, 콩깍지를 말리기도 하고, 고구마를 캔 밭에서 거둔 고구마 순을 밭둑에 널어서 말리기도 했다. 다행인 것은 우리 집 염소는 소와는 달리 솔잎도 곧잘 먹어서 겨울에도 솔잎은 따다 줄 수 있을 거라는 거였다.

서리가 내리기 시작하면서부터 산의 풀도 시들기 시작해 파랗던 산등성이가 조금씩 갈색으로 변해 갔다.

푸른 목장에 염소를 매어 놓을 일은 없어졌지만 은주와의 추억을 생각해 가끔 푸른 목장에 올랐다. 벌써 나한테도 추억이 생긴 것이다! 열세 살짜리의 가슴에도 추억이라고 할 만한 것이 차곡차곡 쌓이기 시작했던 것이다.

산으로 오르는 길목마다 들국화가 소담스럽게 피어 있었다. 서리를 맞을수록 더 아름다워지는 그 꽃은 과연 들의 꽃이었다. 대부분의 꽃은 봄이나 여름에 몰려 피는데 들국화는 늦가을에 피어 더욱 빛난다. 그것도 집 울타리 안이 아니라 찬 서리를 맞으며 거친 들에 피니 더욱 야무져 보인다.

추석을 앞뒤로 해서 거의 달포가량 보이지 않던 꽃치가

들국화가 피어남과 동시에 드디어 고개를 넘어왔다. 그의 망태기엔 노란 들국화와 하얀 들국화가 잔뜩 피어 있었다.

나도 모르게 들국화를 한 움큼 꺾어 손에 들고 있었다. 그러고선 재빠르게 산을 내려와 꽃치 뒤를 따랐다. 꽃치는 내가 뒤에 따라가는데도 아무런 반응 없이 노래만 했다.

그의 노랫소리가 가까이 들릴수록 그가 점점 가깝게 느껴졌다. 열세 살의 나이란 벌써 이만큼 자란 것을 보여 준다. 꽃치가 무섭지 않고 정답게 느껴지는 나이…….

꽃치와 헤어져 집에 돌아온 나는 손에 들고 온 들국화 다발을 내 방 앞 토방에 가지런히 놓았다. 그런데 돌아서는 순간 들국화로 꽃다발을 만들어 누구에게 주면 어떨까 하는 생각이 들었다.

전 같으면 선물을 줄 사람이 당연히 은주밖에 없었다. 그러나 이젠 사정이 다르다. 나도 모르게 은주보다는 서울 아이에게 주고 싶은 마음이 더 커진 것이다.

그러나 그 아이를 따로 만나기가 쉽지 않다. 학교에선 다른 아이들 눈이 있어 내 뜻대로 행동하기가 쉽지 않다. 그렇다면? 방법은 딱 한 가지다. 그 아이가 학교에 오기 전, 아침 일찍 삼거리 다방 앞에 가서 기다리는 것이다!

서울 아이를 만날 생각에 가슴이 두근거렸다. 그동안

은 은주 때문에 미처 그 아이를 만날 생각을 해 보지 못했다. 그러나 이젠 사정이 다르다. 서울 아이를 만나지 말아야 할 이유가 없다. 사실 푸른 목장에 어울리는 밀짚모자 아가씨는 서울 아이다. 적어도 푸른 목장엔 서울 아이처럼 세련된 아가씨가 어울린다.

저녁 숟갈을 놓자마자 내 방으로 들국화를 들고 들어가 꽃과 잎사귀를 가지런히 잘 다듬은 뒤 다발을 지어 실로 묶었다. 그런 다음 하얀 시험지로 아랫부분을 감쌌다.

방 안에 두면 시들까 봐 바람이 통하는 헛간 바깥쪽 벽에 조심스럽게 걸어 둔 뒤 잠을 청했다.

이리 뒤척 저리 뒤척 했지만 잠이 쉽게 들지 않았다. 가만히 생각해 보니 무슨 이유를 대며 서울 아이에게 저 꽃다발을 줄 것인가가 걱정되었다. 방금까진 무조건 주면 된다고 생각했는데, 그랬다가 괜히 얼굴 붉힐 일이나 생기지 않을는지 왠지 망설여졌다. 또 마음 한켠에선 가는 토끼 잡으려다 잡은 토끼 놓치는 꼴이나 안 될는지 하는 생각이 일기도 했다. 그렇다면 산토끼 잡으려 애쓰지 말고 집토끼나 잘 간수해야 할 터였다.

지금이라도 자리에서 일어나 저걸 들고 은주네 집에 가 볼까? 날씨가 쌀쌀하니까 은주 고모도 마당에 나와 있지 않을 것이다. 그러나 그 생각은 금방 지워 버렸다.

'은주 고 가시나, 한 번쯤 날 찾아올 때가 되었는디도 찾아오지 않다니…….'

난 자꾸만 은주를 고깝게 생각하는 쪽으로 생각의 방향을 틀었다. 그리움 포개서 미움 있다더니, 요즘 은주에 대한 내 마음이 그런 것 같았다.

아침에 일어나니 입 안이 깔깔하고 얼굴이 푸석푸석했다. 간밤에 뒤척이느라 잠을 깊이 자지 못한 탓이리라.

나는 보통 때보다 훨씬 더 정성들여 세수를 했다. 그러고선 오늘 주번이라서 학교에 일찍 가야 한다며 어머니에게 서둘러 아침을 차려 달라고 졸랐다.

아침을 먹고 난 뒤엔 평소에 잘 하지 않던 양치질까지 했다. 굵은 소금을 잘게 빻아 만든 양치 소금을 손가락에 묻힌 뒤 이를 빡빡 문질렀다.

자, 이제 출발이다!

나는 책보를 어깨에 가로질러 단단히 멘 다음 꽃다발을 들고 집을 나섰다. 학교 가는 길에 아이들은 아무도 없었다.

서늘해진 아침 공기를 가슴 깊이 들이마신 뒤 내쉬기를 몇 번 했다. 나도 모르게 어느새 다리까지 후들거릴 정도로 긴장했기 때문이다.

이웃고 학교 앞에까지 왔다. 학교 운동장에도 아이들은 아무도 없었다. 아직 등교하기엔 이른 시간이었다. 아는 아이를 만날까 봐 조마조마했지만, 학교 앞을 지나 면 소재지 마을로 들어설 때까지 다행히 아무도 만나지 않았다.

마침내 삼거리 다방 앞에 섰다. 다방 문은 닫혀 있었다. 다방을 돌아 다방 안집을 기웃거렸다. 괜한 짓을 하고 있는 게 아닌가 하는 생각이 순간순간 들었지만, 기왕 여기까지 왔으니 일단 부딪쳐 보자고 결심했다.

다방 안집을 들여다봤지만 인기척이 없었다. 나는 조바심이 났다.

'서울 아이가 어서 나왔으면…….'

그렇다고 큰 소리로 그 아이를 불러 낼 수도 없었다. 나는 혹시라도 학교 가는 아이가 나를 볼까 봐 다방 뒤쪽에 몸을 잘 숨긴 뒤 서울 아이가 집을 나설 때까지 기다리기로 했다.

그렇게 10분 정도를 기다렸는데도 집 안에선 아무런 인기척이 없었다. 그러나 학교 갈 시간은 아직도 충분히 남아 있었으므로 조금 더 기다려 보기로 했다.

바로 그 순간이었다. 엉뚱하게 길 쪽에서 인기척이 났다.

"어? 아침 일찍 웬일이니?"

서울 아이였다.

나는 하마터면 들고 있던 꽃다발을 놓칠 뻔했다. 전혀 생각하지 못한 쪽에서 그 애가 나타났기 때문이다.

서울 아이는 손에 개 줄을 쥐고 있었다. 개가 내 발 밑에 코를 대고 킁킁거렸다.

'에라, 모르겠다.'

'아니, 잘 됐다.'

나는 그 짧은 순간에 참으로 많은 생각을 했다. 생각이란, 시루에 켜켜로 안쳐진 떡처럼 한꺼번에 여러 가지를 포개어 할 수도 있다는 걸 그때 처음 알았다.

그러나 내 입에선 참으로 멋없는 말이 나오고 말았다.

"개, 데리고, 어디, 갔다, 오니?"

더듬거리긴 했지만 순간적으로 나는 서울 사람들의 말투인 '니'자를 끝에 붙여 말하고 있었다.

서울 아이는 구김살 없이 웃는 얼굴로 말했다.

"응, 메리 운동 좀 시키고 오는 길이야."

"개를…… 운동을…… 시켜?"

그냥 풀어 놓으면 개 스스로 알아서 뛰어다닐 텐데 목줄 매달아서 일부러 운동을 시키다니! 이것도 서울식인가?

그러나 그것보다도 개에게도 누렁이나 백구가 아닌, 사

람식의 이름이 있다는 걸 그때 처음 알았다는 사실이 더 중요하다.

메리라니, 메리라니? 이 개는 분명 토종 진돗개인데 서양식으로 메리라니? 이해가 되지 않았다. 그러나 개도 그렇게 미끌미끌한 이름을 가질 수 있다는 사실, 나는 그런 사실을 서울 아이를 통해서 배운 것이다.

하긴 이 세상 어느 것 하나 이름 없는 것이 있으랴. 살아있는 것이든 죽은 것이든 눈에 들어오는 것이면 모두 저마다의 이름이 있는 법이다. 그러나 무슨 이름이든지 이름은 스스로 그 이름으로 자처하기보다는 남이 부르는 대로 지어져 버리는 것인지도 모른다. 꽃치도 그렇고, 들국화도 그렇고, 여기에 있는 '메리'도 그렇다. 그 누구도 자신이 꽃치고 들국화고 메리라고 하지 않았다. 이름이 없으면 불편해하는 다른 누군가가 그렇게 부르기 시작한 것이다. 서울 아이는 개도 이름이 없으면 불편하다고 느꼈기에 이름을 붙여 주었을 것이다.

나는 마냥 망설이고 있을 수만도 없어 다짜고짜 꽃다발을 내밀었다.

"응, 이거……."

"웬 꽃이니?"

"어제 산에서 꺾어 왔어……."

끝내 '너 주려고.'라는 말은 달지 못했다. 왠지 쑥스러워 그 말이 목구멍에서 나오지 않았다.

"어머, 예쁘다! 이 꽃, 나 주는 거니?"

"응."

"근데, 오늘이 내 생일인 줄 어떻게 알았어?"

전혀 예상하지 못한 일이었다. 오늘이 서울 아이 생일이라니!

나는 뭐라고 대답할 말이 없었다. 내가 귀신이 아닌 바에야 오늘이 서울 아이의 생일인지 어떻게 알 수 있겠는가.

나는 얼렁뚱땅 둘러댔다.

"꼭 생일이라서 그런다기보담 꽃이 이뻐서 니 생각이……."

그 순간엔 나도 내 자신을 잘 몰랐지만 아마 '니 생각이 나서.'라는 말을 하고 싶었나 보다.

나는 그 말을 끝으로 얼른 돌아섰다. 그 자리에 더 서 있다간 말이 어디로 튈지 모를 일이기 때문이었다.

서울 아이가 "얘 훈필아, 낮에 학교 끝난 뒤……." 하며 뭐라고 하는 소리가 들렸지만, 나는 서울 아이가 내 이름을 알고 있으리라곤 전혀 생각을 못 한 터라 내 이름을 부르는 소리에 놀라 그다음 말이 뭔지 알아듣지 못하고 말았다.

나는 뒤통수가 근질근질함을 느끼며 길을 되짚어 학교로 향했다. 학교 가는 길엔 여전히 아이들이 없었다.

텅 빈 학교 운동장에 들어서자 가슴을 뒤로 젖히고 "야! 야! 야!" 하고 소리를 크게 질렀다. 그동안의 긴장감과 화끈거림을 넓은 운동장에 다 쏟아 버리기라도 하듯이.

가슴 한쪽에 말로 할 수 없는 묘한 기분이 자라는 느낌이 들었다. 서울 아이가 내 이름을 알고 있다니! 사실 우리 학교는 학생 수가 얼마 되지 않아 우리는 전 학년의 이름을 거의 다 알고 있다. 그러나 그렇다고 하더라도 전학 온 지 한 학기도 되지 않은 서울 아이가 내 이름을 알고 있다니!

그날 우리 반 머시마들의 정보에 따르면, 오늘 학교가 끝나면 옆 반 가시나들이 서울 아이네 집에 가서 맛있는 것을 먹기로 했다고 한다. 다행히도 그 정보엔 내가 서울 아이에게 생일 선물로 준 격이 되고 만 꽃다발 얘기는 없었다.

내겐 벌써 아이들이 모르는 비밀이 생겨 버렸다. 다른 열세 살짜리 아이들 몰래 생긴 비밀. 난 그만큼 웃자라 있었다.

서울 아이가 자기 생일이라고 자기 반 아이들을 초대한 모양인데 은주도 거길 갔을까? 특별히 안 갈 이유는 없을 것이다. 하지만 어쩌면 못 갔을지도 모른다는 생각이 들었다. 은주는 고모 때문에 학교가 끝나면 곧장 집으로 가서 집을 지키는 게 일과처럼 되어 있기 때문이다.

은주 고모는 보통 땐 혼자서 히죽히죽 웃거나 뜻도 이어지지 않는 소리를 중얼거리긴 해도 일거리를 저지르진 않으므로 별다른 신경을 쓰지 않아도 된다. 그러나 발작을 하게 되면 똥을 싸서 온몸에 바르고 고래고래 소리를 지르고 울다 웃다 하다 펄펄 날뛰며 발가벗은 몸으로 집을 뛰쳐나가려 한다. 그래서 언제 어떤 일이 일어날지 몰라 은주는 늘 집에 있으면서 고모를 잘 지켜봐야 한다.

그런데 발작했을 때의 은주 고모는 기운이 항우장사 이상이었다. 사실 그런 고모를 어린 은주가 감당하기에는 힘에 부친다. 그렇지만 최소한 발가벗은 알몸으로 집 밖으로 뛰쳐나가는 것만이라도 막기 위해 은주는 늘 집에 있어야 한다. 그리고 발작이 끝나면 고모의 몸을 씻겨 주어야 한다.

학교에서 돌아오자 나는 또 궁금해지기 시작했다. 은주가 서울 아이네 집에 갔느냐, 가지 않았느냐 하는 점이.

점심을 먹고 은주네 집에 한번 가 보고 싶었다. 그러나 은주네 집에 들어갈 적당한 명분이 없었다. 밤 같으면 어둠을 틈타 슬며시 들어갈 수가 있는데, 낮에는 다 큰 녀석이 괜히 남의 집을 어정거리다 어른들이라도 만나면 실없는 놈으로 취급받기에 딱 알맞다. 그렇다고 해서 궁금증을 참고 있기엔 몹시 조바심이 났다.

집을 나와 괜히 마을 골목을 한 바퀴 돌았다. 그러다가 '에라, 모르겠다!' 하는 심정으로 은주네 집 앞에 섰다. 집 안이 조용했다. 사립문 안쪽을 들여다보니 내가 전에 갖다 둔 것이 틀림없는 코스모스 꽃다발이 완전히 말라비틀어진 채 아직도 거기 있었다. 묘한 부끄러움과 서글픔이 치밀어올랐다.

누가 볼세라 얼른 말라비틀어진 코스모스의 잔해를 집어 들고 은주네 집 앞을 벗어났다. 느낌에 은주는 아직 돌아오지 않은 것 같았다. 그렇다면 서울 아이네 집에 간 것이 틀림없다.

당산나무 거리에 나와 괜스레 어정거려 보았다. 그러나 날씨가 쌀쌀해서인지 놀러 나오는 아이도 없었다. 추수가 다 끝난 들녘엔 머물 곳 없는 늦가을 찬 바람만 이따금 외로움을 견디는 소리를 내며 지나가고 있었다. 길 위에고 논 위에고 산 위에고 사람은 하나도 보이지 않았다. 사람들은 다 어디로 숨어들었을까?

사람이 그립다. 나는 비로소 외로움이라는 말을 나에게도 쓸 수 있게 되었다. 다른 열세 살짜리들보다 웃자란 죄로 나는 외로움이라는 말의 의미를 몸으로 느껴야 했다.

나는 열세 살의 늦가을에서 초겨울 사이에, 가을도 아니고 겨울도 아닌 계절의 틈에서, 그 틈 사이엔 외로움이 있다는 걸 알아야만 했다.

사랑, 추억, 희망, 성공

사람 속에서 살지만 나는 어쩌면 사람 속에서 살고 있지 않는지도 모른다. 부모님, 친구들, 학교 선생님, 어느 누구하고도 나는 속을 터놓고 지내지를 못한다. 이미 비밀이 많아져 버려서 나 자신을 아무에게도 속 시원히 털어놓지 못하기 때문이다.

이렇게 비밀이 많은 아이가 되어 버린 것은 전적으로 내 탓이다. 누구를 원망할 만한 건더기는 하나도 없다. 그러나 지금 누구 탓이 중요한 게 아니다. 문제는 내가 사람 속에서 살고 있지 못하다는 것이다.

은주하고도 더 이상 가까워지지 못하고 서울 아이하고

도 가까워지지 못했다. 어쩌면 그 가시나들은 나 같은 놈에게 관심조차 없는지도 모른다. 그렇지 않고서야 나에게 이렇다 저렇다 말 한마디 없을 수 있겠는가?

특히 은주는 가을 내내 나에게 말 한마디도 없었다. 그새 내가 맘에 들지 않는 일이 생긴 걸까? 아니면 아이들에게 나와의 관계가 소문나는 게 싫은 걸까?

가는 배 순풍이면 오는 배 역풍이라더니, 그동안 은주와의 관계가 잘 풀리는가 싶었는데 지금 와선 뭔가 비비 꼬이는 느낌이 들었다. 세상은 한 번 좋다 한 번 나빴다 하는 걸까?

그렇다면 저번엔 뭐 하러 푸른 목장에까지 찾아왔으며, 서울 아이가 같이 있는 곳에서 나중에 자기랑 푸른 목장을 한다고 했을 때에도 아무 말을 하지 않았을까? 도대체 알 수가 없었다.

은주는 그렇다치고 서울 아이는 왜 자기 생일날 이후 나에게 말 한마디 없을까? 그동안 직접 맞닥뜨린 일은 없지만 자기가 나를 만나려 했다면 얼마든지 나를 찾아올 수 있지 않았을까?

내가 운동장 구석 느티나무 옆 화단 가에 혼자 앉아 아이들 노는 걸 쳐다볼 때라든지, 내가 주번일 때 물주전자를 들고 복도를 왔다 갔다 할 때 눈여겨보고 있다가 다른 아이들 눈을 피해 얼마든지 나를 만날 수 있었을 것이다.

초겨울 바람이 방문을 흔들 정도로 쌀쌀했다. 일요일이자 마침 읍 장날이었다.

어머니는 아침 일찍 장에 갈 준비를 하면서 나보고 손수레를 끌고 같이 가자고 했다. 가을걷이한 것 가운데에서 장에 갖다 낼 것이 많아 면 소재지 장보다는 장이 더 큰 읍 장을 보기로 한 것 같았다. 아무래도 큰 장에 가야 값을 한 푼이라도 더 쳐서 받을 수 있다.

나는 어머니가 시키는 대로 참깨며 달걀이며 찹쌀이며 메밀 자루 등을 손수레에 실었다.

어머니가 뒤에서 밀긴 했지만 손수레를 끌고 시오리 길을 가는 건 힘에 부쳤다. 차가운 날씨인데도 이마에 땀이 맺혔다. 요즘 들어 사는 재미가 없어 더 힘들었는지도 모른다.

장에 도착하자 어머니는 이것저것 값을 잘 흥정해서 가지고 온 물건을 거의 다 팔아 냈다.

손수레가 다 비자 어머니가 필요한 물건을 사는 동안 나는 손수레를 장터 한쪽으로 끌고 가 어머니를 기다렸다. 어머니는 고무신 가게며 옷 가게 등을 다니며 장을 보았다.

꽤나 시간이 지나서 어머니를 기다리는 게 지루해질 때쯤 장터를 돌아다니는 은주가 내 눈에 들어왔다. 나는 얼떨결에, 아니 반가운 마음에 은주를 불러 세웠다.

"은주야!"

"……."

은주는 깜짝 놀라 나를 쳐다보더니 말없이 내 앞으로 왔다. 나는 멋쩍어서 얼른 말을 뱉어 냈다.

"장에 낼 물건을 싣고 오느라고……."

나는 왠지 모르게 조금 주눅이 들어 있었다.

은주 손엔 여자용 코고무신 한 켤레가 들려 있었다. 은주 어머니는 머리에 삼태기를 이고 장꾼들 사이를 분주히 헤치며 돌아다니고 있었다.

"이따 집에 갈 땐 여기다 물건 싣고 같이 가."

나는 손수레를 가리키며 은주에게 '같이 가.'에 특히 힘을 주어 말했다. 그런데 은주는 그 말엔 대답하지 않고 입을 삐쭉 내밀며 내가 미처 짐작하지도 못한 말을 했다.

"훈필이 너, 서울 가시나랑 좋아 지낸담시롱?"

나는 정말이지 뒤통수를 한 대 얻어맞은 기분이었다.

"누가 그런 소릴 혀?"

"피, 우리 반 가시나들은 다 안다 뭐. 니가 그 가시나 생일 땐 꽃다발도 해 주었다던디? 그 가시난 지 생일 잔치 때 니가 온다며 기다리더라. 그란디 왜 안 왔냐?"

정말 은주답지 않은 말투였다. 은주는 한 번도 비아냥거리며 말을 한 적이 없었다. 또 이처럼 장황하게 말을 한 적도 없었다.

나는 일이 어디서부터 잘못된 것인지 비로소 어렴풋이나마 알 수 있게 되었다. 은주는 기어코 한 마디를 더 던져 놓고 자기 어머니 쪽으로 가 버렸다.

"내 생일엔 한 번도 꽃다발을 해 주지 않았음시롱 서울 가시나헌틴 새벽부터 찾아가서 꽃다발까지 해 주고……."

일이 참 이상하게 꼬여 있었다. 서울 아이가 나에게 꽃다발을 받았다고 자기 반 가시나들한테 자랑삼아 말해 버린 모양이었다. 옆 반 가시나들이 그 사실을 알고 있다면 우리 반 머시마들도 그 사실을 다 안다는 얘기가 된다. 그런데 우리 반 머시마들은 왜 나에겐 한 마디도 하지 않았을까?

예전 같았으면 놀리든지 확인하든지, 아무튼 뭔가 말이 많았을 텐데 꽃다발에 대해선 아무 말이 없었다. 어쩌면 아이들이 나를 철저하게 따돌리려고 그러는 것인지도 몰랐다.

나는 갑자기 무서운 생각이 들었다. 아이들이 나를 아예 이야깃거리로 삼을 만한 가치도 없는 일만 저지르고 다니는 놈이라고 치부해 버려서 그렇게 나에 대해 이러쿵저러쿵 말이 없었다면 정말 무서운 일이다.

장터의 많은 사람들 속에 있지만, 나는 사람들이 눈에 들어오지 않았다. 사람들이 갑자기 무서워지기 시작했다.

어머니가 장을 다 봤으니 어디 가서 점심 요기나 하자고 한 말도 잘 들리지 않았다. 어머니가 나보고 "너 어디 아프냐?" 하고 물었다. 그제야 나는 정신을 차리고 "아니, 아픈 데 없는디요." 하고 대답했다.

어머니가 끄는 대로 따라가 장터 국밥집에서 뭘 먹기는 먹었는데 무슨 맛으로 먹었는지, 손수레도 어떻게 집에까지 끌고 왔는지 모르겠다.

집에 돌아오니 생각지도 않은 일이 벌어지고 있었다. 아침까지도 멀쩡했던 염소가 쓰러져서 시름시름 앓으며 금방이라도 숨이 넘어갈 듯 헐떡거렸다.

아침에 먹이로 준 콩과 콩깍지는 건드려 보지도 않고 그대로 있었다. 그렇다면 염소는 이미 아침 전부터 좋지 않았다는 얘기였다. 염소의 배는 부풀 대로 부풀어서 소쿠리를 엎어 놓은 것 같았다.

"아부지, 염소 배가 으째 이러코롬 부풀었다요?"

"글씨다, 요새 먹인 콩깍지가 쪼깐 상했을끄나?"

"콩깍지는 잘 마른 것만 골라서 줬는디요."

"걱정 말그라. 짐승 기르다 보면 아플 때도 있제……."

나는 걱정이 되었으나 아버지는 애써 태연한 척했다.

저녁때가 될수록 찬 바람이 더 불고 하늘엔 잿빛 구름이 몰려다녔다. 내 가슴속에도 찬바람이 일고 납덩이처럼 무거운 먹구름이 끼었다.

나는 염소 곁에 쭈그리고 앉았다. 염소는 숨을 쉬는 것조차도 힘겨워하는 것 같았다. 감긴 염소의 눈을 억지로 뜨게 했다. 여기서 눈을 감으면 영원히 눈을 뜨지 못할 것 같은 생각이 들어서였다. 그러나 염소는 눈을 뜨는 것조차 힘이 드는지 내가 손가락으로 눈까풀을 억지로 뒤집어 까도 이내 눈을 감아 버렸다.

사람 같았으면 어디가 아프다고 마구 하소연을 했을 것이다. 그러나 염소는 평소에 잘하던 '음메에' 소리조차 한 번 내뱉지 않았다.

"아무 소리라도 한 마디만 해 봐라, 응? 어디가 아픈 것이여?"

그러나 염소는 끝내 아무 소리도 내뱉지 않았다. 오히려 그새 가는 숨소리마저 나지 않는 것 같았다.

염소의 배에 귀를 대 봤다. 배가 팽팽하게 부풀어서 그런지 아무런 움직임도 느껴지지 않았다.

아! 염소는 이미 숨이 끊어진 것이었다.

나는 당황해서 염소의 등과 엉덩이를 쓰다듬었다. 염소의 몸은 아직 따뜻했지만 뻣뻣한 느낌이 손에 잡혔다. 어안이 벙벙했다. 염소는 끝내 나에게 아무 말도 하지 못한 채 내 곁을 떠나 버린 것이다.

방으로 들어와 이불을 뒤집어쓰고 누웠다. 그제야 눈물이 흘러 귓바퀴에 고였다. 내 꿈이자 친구였던 염소가 이렇게 허망하게 나를 떠나갈 줄은 미처 몰랐다.

나는 저녁밥 먹을 생각도 하지 않은 채 계속 이불 속에서 오늘 일어난 일에 대해, 그리고 나의 미래에 대해 심각하게 생각을 하느라 뒤척였다.

바람이 세게 불어 와서 문을 흔들었다. 겨울 바람이었다.

그 바람 소리에 모든 희망이 와르르 무너지는 듯했다. 염소를 키워 중학교를 가고 농업 고등학교를 나오는 꿈도, 은주와 푸른 목장을 운영하는 꿈도 다 무너져 내렸다. 그러자 내일 당장 학교에 가기도 싫었다. 어떻게든 학교에 안 갈 핑계만 있으면 좋겠다는 생각을 하며 뒤척이다가 어느새 잠이 들고 말았다.

잠을 자는 도중 자꾸만 미끄러지는 꿈을 꾸었다. 미끄러지는 곳이 눈 언덕인지 미끄럼틀인지는 잘 모르겠지만, 확실한 것은 어딘가를 올라가다가 미끄러지고 또 올라가다가 미끄러지곤 했다는 것이다.

아침에 마당을 쓰는 비질 소리에 잠이 깼다. 밤새 내린 눈이 마당 가득히 쌓여 있어 아버지가 눈을 치우고 있었다.

첫눈이었다.

나는 아무 생각 없이 양말을 꿰어 신고 방을 나왔다. 정말 아무 생각도 없었다. 다른 때 같았으면 눈을 보자마자 강아지처럼 날뛰며 좋아했을 것이다. 그러나 이젠 눈을 봐도 전혀 반갑지 않았다.

아침을 뜨는 둥 마는 둥 하고서 염소가 있던 헛간 쪽엔 애써 눈길을 피하면서 마당을 빠져나와 학교에 갔다.

아이들은 눈싸움을 하자며 선생님을 졸라 댔다. 나는 눈싸움에 관심이 없었다. 빨리 학교 수업이나 끝났으면 하는 마음이었다. 운동장에선 벌써 눈싸움을 하기 위해 몰려 나간 다른 학년 아이들이 떠드는 소리가 들려왔다.

나는 배가 아파서 밖에 나가지 못하겠다고 하며 교실을 지키겠다고 했다. 웬일인지 선생님은 다른 때완 달리 선선히 그렇게 하라고 허락했다. 보아하니 운동장에 나가 있는 아이들의 담임 선생님이 여선생님인 것 같았다. 나는 아직도 여자에게 관심이 있는 우리 선생님이 측은하게 여겨졌다. 선생님은 아직도 여자의 본질을 잘 모르는 것 같았다.

교실에 혼자 남아 창밖을 바라보며 오만 가지 생각을 다 했다. 염소는 왜 죽었을까? 저 아이들은 지금 얼마나 행복할까? 나도 저 아이들처럼 되는 대로 살 수는 없을까? 지금 내 심정을 누가 알아줄까?

마침내 이까짓 학교도 더 다닐 필요가 없다는 생각이 들었다. 이제 머지않아 겨울 방학을 하고 나면 금세 졸업식일 텐데, 공부를 더 배우면 얼마나 더 배우겠는가. 결심이 섰을 때 하루라도 빨리 그만두자고 마음먹었다.

나는 결심했다. 이 좁은 시골 구석에서 더 이상 썩지 말고 큰 물로 나가서 놀자. 나같이 웃자란 사람이 이 시골 촌구석에서 열세 살을 지나 열네 살 때도 썩고 있다면 그건 말이 안 되는 것이다. 더구나 염소까지 죽어 버렸으니 무슨 희망으로 중학교를 가고 고등학교를 다닐 것인가. 지난 가을 추석 때 학교를 졸업하자마자 서울로 나간 형들을 보니 그래도 신사복에 검정 구두에 제법 기름기가 흐르더라. 그 형들도 겨우 불알 두 쪽 차고 나갔어도 그 정도는 하고 사는데 나라고 못 할 것 뭐 있냐. 여기서 머뭇거리고 있으면 머뭇거리는 그 시간만큼 사회생활만 더 늦어진다.

뜨는 거다! 한 많고 설움 많은 이 촌구석을 뜨는 거다!

그렇게 결심을 한 뒤 곧바로 호주머니에서 주머니칼을 꺼내 내 책상 위에다 '사랑, 추억, 희망, 성공'이라고 새겼다. 칼끝으로 서너 번씩 그어 글씨가 깊게 파이도록 했다.

운동장의 아이들은 뭐가 그리도 좋은지 소리지르고 뒹굴며 꼭 강아지들처럼 놀고 있었다.

나는 특히 '사랑'이라는 글자 위에 힘을 주어 한 번 더 칼을 그은 뒤 칼을 거뒀다.

학교가 끝나자 서둘러 교문을 빠져나왔다. 아이들은 학교가 끝났는데도 집에 돌아갈 생각은 하지 않고 운동장에서 뛰어놀았다. 전교생 모두가 다 뛰쳐나왔는지 운동장이 오랜만에 활기에 넘쳤다.

나는 먼저 푸른 목장으로 갔다. 푸른 목장은 눈이 하얗게 덮여 '하얀 목장'이 되어 있었다. 그곳에서 은주와 두 번 만났던 기억을 떠올리며 나는 산꼭대기를 향해 "은주야! 은주야!" 하고 두 번 외쳤다. 이걸로 은주와의 인연도 끝이라고 속으로 단단히 결심했다.

푸른 목장과 관련해서 서울 아이에 대해선 털어 낼 추억이 따로 없었다. 그래서 지난번에 들국화를 꺾었던 자리를 발로 뒤적여 보았다. 그러나 눈이 많이 쌓여 있어 들국화가 피었던 자리를 찾기는 쉽지 않았다.

들국화가 피었던 자리라고 어림짐작 되는 곳의 눈 위에 아까 학교에서 책상 위에 새겼던 것처럼 손가락으로 '사랑, 추억, 희망, 성공'이라고 새겼다. 이 눈 글씨가 지워지기 전에 고향을 뜨리라! 나는 각오가 대단했다.

염소를 늘 매어 놓던 자리를 발로 뒤적여 보았다. 염소가 누어 놓은 똥이 밟혔다. 발바닥에 밟히는 똥의 감촉만큼 단단한 아픔이 발을 타고 올라왔다. 나는 애써 발에 힘을 주어 똥을 비비듯 문질렀다.

집에 돌아온 나는 어제 어머니가 장을 보고 남은 돈이 어디 있으리라 생각하고 그 돈을 훔쳐야겠다고 생각했다. 그래서 오후 내내 안방이 비기만을 기다렸다.

마침내 아버지가 새끼를 꼬러 사랑방에 나갔다. 그러나 어머니는 잠시도 방을 비우지 않았다. 그동안 밀린 바느질을 하느라 오후 내내 방을 비우지 않는 것이었다.

조바심이 났지만 어머니가 저녁밥을 지을 시간이 될 때까지 기다리기로 했다. 그동안 몇 번씩 마음이 흔들리려고 했으나 조무래기들 틈에 끼어 더 부대낄 생각을 하니 결심을 거둬들일 수가 없었다.

탈출을 위한 마음을 다잡기 위해 나는 공책 한 장을 뜯어서 편지를 썼다.

부모님 전 상서
아버지 어머니, 용서하십시오.
저는 오늘 집을 나갑니다.
반드시 성공을 해서
자랑스런 자식이 되어
돌아와 효도하겠습니다.
그동안 건강하게 잘 계십시오.
아들 훈필 올림

눈물이 나려고 했다. 그러나 그 순간 옛날 위인들은 목숨을 걸고 집을 나가기도 했다는 걸 애써 떠올렸다. 언젠가 집에 일찍 돌아와 일하는 게 싫어서 학교 간이 도서관에 남아 위인전에 재미를 붙여 책을 읽던 기억이 새로웠다. 위인전 속의 위인들은 결코 패배하거나 실패하는 법이 없었다.

다시 마음을 다잡은 뒤 안방으로 건너갔다. 짐작대로 돈은 반짇고리에 있었다. 나는 눈을 딱 감고 손에 잡히는 대로 돈을 집어 들었다. 손이 떨렸다. 얼른 안방을 나와 내 방으로 건너왔다.

뒷방에서 할아버지의 기침 소리와 할머니의 두런거리는 말소리가 들려왔다. 어머니는 부엌에서 밥솥에 불을 때고 있었다.

돈을 세어 보니 모두 500원 정도 되었다. 그 돈을 헝겊에 소중하게 만 뒤 바지 주머니에 단단히 넣어 두었다. 그런 다음 사회과 부도에서 우리나라 전체 지도가 나온 부분을 뜯어 윗도리 주머니에 접어 넣었다.

나는 지금까지 이 좁은 촌구석에서도 우리 면과 읍 지역 밖으론 나가 본 일이 없다. 그래서 최소한 목포가 어딘지 서울이 어딘지 정도를 분간하기 위해선 지도가 있어야 할 것 같았다.

이제 탈출 준비는 모두 끝났다. 결국은 서울로 가야겠지만 처음부터 무리하지는 않기로 했다. 일단 목포로 가서 일자리를 알아본 다음 그 뒤의 일을 결정하기로 했다.

저녁을 먹고 나서 일찌감치 자리에 누워 내일 이후의 나를 그려 보았다. 나는 반드시 성공할 것이다. 푸른 목장을 운영하는 것보다 더 크게 성공해서 돌아올 것이다. 그렇게 되면 부모님도 나를 이해해 줄 것이다.

마음에 걸리는 건 그동안 내가 돌보던 동생이었다. 떼쓰고 울며 매달릴 땐 정말 찰거머리 같아 늘 귀찮았지만 막상 헤어지려 하니 동생이 제일 마음에 걸렸다. 그러나 동생 때문에 사나이가 큰일을 그르칠 수는 없지 않은가. 나는 다시 마음을 다잡았다.

다음 날 아침 일찍 일어나 어른들이 조금이라도 눈치채지 못하도록 여느 때와 다름없이 행동했다. 다행히 아직은 어머니도 돈이 없어진 것을 모르는 것 같았다. 어머닌 적어도 다음 장날까진 돈을 찾지 않을 것이다. 그런데도 아침을 먹을 때 어머니와 눈이 마주칠까 봐 몹시 조마조마했다.

아침 식사를 끝낸 뒤 편지를 펼쳐서 내 방문을 열면 바로 보일 만한 곳에 두고 서둘러 집을 나왔다.

책보자기에 책은 싸지 않은 채 빈 보자기만 책 크기로 접어서 어깨에 가로질러 멨다. 행여라도 식구 중 누군가가 뒤에서 봤을 때 의심하지 않도록 하기 위해서였다.

어제와 달리 눈은 오지 않았다. 다행히 바람도 불지 않았다. 날씨가 궂으면 배가 뜨지 않기 때문에 탈출 계획은 물거품이 되고 만다.

길이나 산에 쌓인 눈은 아직 녹지 않고 있었다. 첫눈치곤 꽤 많이 온 눈이었다.

학교로 가는 길 대신 읍내로 가는 길로 들어섰다. 다행히 아무도 만나지 않았다. 은주네 집 앞을 지날 땐 애써 은주네 집을 쳐다보지 않으려고 고개를 돌리고 갔다.

마을을 빠져나올 때까지 사람은 아무도 만나지 않았다. 부지런한 개들만 집을 뛰쳐나와 흰 눈 위에 똥을 누고 있었다. 그중 몇 마리가 나를 보고 반갑게 꼬리를 치며 따라나섰다.

나는 개들의 배웅을 받으며 마을을 빠져나왔다. 그러나 마을을 벗어나자 나를 따라오는 개는 한 마리도 없었다. 개 한 마리조차 따라오지 않는 것을 확인하고 난 뒤, 책보자기를 작게 접어 돈이 들어 있지 않은 바지 주머니 속에 쑤셔 넣었다. 그 보자기가 언제 어떻게 소용이 될지 몰라서, 아니 그보다도 그동안 내 몸의 일부분이나 마찬가지였던 것이라서 잘 보관해야겠다는 마음이 나도 모르게 들었던 것 같기도 하다.

나그네 식당

나는 읍내 버스 정류소 매표원에게 목포행 배를 타는 곳으로 가는 차편을 물어보았다. 죽은 은주 언니 또래나 될성싶은 매표원 아가씨는 나를 위아래로 쭉 훑어보면서 말했다.

"쥐방울만 한 것이 목포는 뭐 하러 간다냐?"

아가씨가 의아한 표정을 짓는 걸 힐끗 쳐다보면서 얼른 차에 올라타고 말았다.

'사내 대장부가 큰일을 하러 가는데 재수 없게시리 시비를 걸고 그런다냐.'

대꾸했다가는 자칫 일을 그르칠까 봐 속으로만 그렇게

생각하고 아무런 대꾸도 하지 않았다.

아가씨의 말에서 오늘 목포로 가는 배가 뜬다는 걸 알았다. 배가 뜨지 않으면 목포 가는 배를 타는 곳으로 가는 버스도 다니지 않는다는 건 이미 알고 있었다. 다행이었다. 겨울엔 배가 못 뜨는 날이 많다는데, 다행히 하늘도 나를 돕는 것 같았다.

덜컹거리며 한참을 달리던 버스가 목포행 배가 드나드는 부둣가에 섰다. 돈을 아껴야 한다는 생각에 어떻게 하면 표를 끊지 않고 배를 탈 수 있을까 하고 궁리하다가 짐을 많이 든 할머니 한 분을 발견했다.

'옳다! 되았다.'

나는 그 할머니에게 다가가 짐을 들어 주면서 부탁했다.

"할무니, 나보고 표 끊어 갖고 배 타라고 하믄 할무니가 말 좀 잘해 주믄 좋겠는디요."

"그러마. 그란디 쬐끄만한 애가 뭣 땜시 혼자서 배를 타는 것이여?"

"어무니 만날라고요."

"에미가 목포에 살고 있냐?"

"예."

"쯧쯧."

할머니는 어떤 상황인지 대충 알겠다는 듯이 혀를 차며 고개를 끄덕였다.

거짓말을 하는 게 조금은 찜찜했지만, 지금은 그런 것을 따질 형편이 아니었다. 잠시 후 배의 옆구리에 길다란 널빤지가 얹히자 사람들은 한 줄로 서서 그 나무다리를 건너 배를 탔다.

시치미를 딱 떼고 그냥 들어가려는데 예상했던 대로 검표원이 막았다.

"야, 꼬마야! 너 표 안 샀어?"

그때 할머니가 나섰다.

"이 늙은이가 샀으믄 되았제, 쬐끄마한 애들헌티까지 뱃삯을 받을라 혀!"

나는 그 틈에 얼른 배에 올랐다.

검표원은 할머니하고 대거리해 봐야 입만 아프다는 표정으로 더 이상 대꾸를 하지 않았다.

처음 타 본 배는 신기하기만 했다. 나는 돈을 훔쳐 집을 나온 처지라는 것도 잠시 잊고 배를 탄 즐거움에 들떴다. 뱃고동을 길게 울리며 배가 출발했다.

갑판에 서서 멀어지는 고향 땅을 바라보았다. 저기서 태어나 저기서 열세 살 먹도록 자랐다는 생각을 하자 콧등이 시큰해졌다. 그러나 감상은 금물이다. 가슴을 크게 열고 바닷바람을 정면으로 받아 마셨다.

배는 물살을 가르며 앞으로 내달렸다. 배가 달릴수록 짭조름한 맛이 밴 바닷바람이 그만큼 세차게 얼굴에 부딪쳐 왔다.

배는 조그마한 섬들을 옆으로 끼고 달리다가 반 시간 정도 지나자 넓게 트인 바다로 나아갔다. 확 트인 바다를 보자 막혔던 숨통이 트이는 것 같았다.

우리 반 조무래기들은 지금 이 시간에 뭘 하고 있을까? 아마도 그 나이 먹도록 여자가 무엇인지도 잘 모르는 담임 선생님의 정신 교육을 받거나, 쩨쩨한 계산 문제를 푸느라 좋지도 않은 머리통들을 굴리고 있을 것이다.

좁아터진 교실 안에서 아옹다옹하고 있을 우리 반 조무래기들을 생각하니 이렇게 나오기를 아주 잘했다는 생각까지 들었다. 사람이란 역시 큰 물에 가서 놀아야 한다.

넓게 펼쳐진 바다를 보자 벌써 어른이 되어 버린 느낌이었다. 그동안 좁은 새장에 갇혀 던져 주는 먹이나 받아먹으며 새장이 세상의 전부인 줄 알고 살았다는 느낌이 들었다.

한기가 느껴지자 갑판을 내려가 선실로 들어갔다. 할머니는 선실 한가운데에 누워 있었다. 할머니가 뱃멀미를 견며 내느라 애를 쓰며 말했다.

"악아, 너는 멀미 안 허냐?"

"난 괜찮은디요."

나로서는 처음 타 본 배였지만, 긴장을 해서 그런지 들떠서 그런지 멀미 같은 건 하지 않았다.

배에서 내릴 때에도 할머니만 따라가면 될 것이다. 나는 뭔가 일이 잘 풀리는 느낌에 적이 안심이 되었다.

할머니의 뱃멀미가 좀 가라앉는 것 같아 할머니에게 목포에 대해서 이것저것 물어 보고 싶었지만, 그랬다간 괜히 내 형편이 드러날 것 같아 입을 꽉 다물고 말았다.

얼마나 더 달렸을까? 뱃속에서 꼬르륵 하는 소리가 들릴 때쯤, 배가 속도를 늦추기 시작했다. 말로만 듣던 목포항에 배가 들어가는 것이리라.

나는 자연스럽게 할머니의 올망졸망한 보따리 몇 개를 들고 갑판으로 올라갔다. 배가 부두에 닿는 순간, 잠깐 출렁했다. 그러나 금세 안정을 되찾았다.

짐을 잠깐 바닥에 내려놓고 할머니를 거들었다. 배의 옆구리에 나무다리가 걸쳐지고 사람들이 내리기 시작했다. 나도 할머니의 뒤를 따라 내렸다.

할머니가 허리춤에서 표를 꺼내느라 머뭇머뭇하는 동

안 나는 아주 태연하게 할머니의 짐을 모두 배 밖으로 옮겼다. 그래서 그랬는지 검표원도 뭐라고 하지 않았다.

나는 드디어 뭍에 올랐다!

뱃삯을 물지 않은 건 순전히 할머니 덕분인데 오히려 할머니가 나에게 고생했다고 말했다.

“악아, 늙은이 짐 들어 주느라고 고생했다. 여그 선창 가까운 디서 우리 딸내미가 식당을 한께 거기 가서 점심이나 먹고 가그라.”

그러잖아도 배가 출출한데 잘 됐다 싶었다.

“그라믄 지가 거기까지 짐을 들어다 주고 갈게요.”

올망졸망한 할머니의 짐을 양 손에 힘껏 들고 걸어 나갔다. 짐을 들긴 했지만 내 걸음이 그래도 할머니 걸음보다 빨라 한참 앞서 가다가 멈춰 섰다.

“할무니, 어느 쪽으로 가요?”

나는 중간중간 길을 확인하면서 계속 앞으로 나아갔다.

할머니 딸이 하는 식당은 부두에서 그리 멀지 않은 곳에 있었다. 건물은 낡았지만 식탁이 여남은 개 놓여 있을 정도로 실내는 넓었다. 부두가 가까워서 뜨내기손님이 많은지 출입문 위엔 ‘나그네 식당’이라는 간판이 붙어 있었다.

할머니 딸은 은주 고모와 나이가 엇비슷해 보였다. 점심이 나오자 할머니는 자기 밥그릇에 있는 밥을 내 밥그릇에 덜어 주면서 걱정스레 말했다.

"많이 먹그라. 객지에 나오면 배곯는 설움이 제일 큰 것인께."

순간적으로 콧등이 시큰해서 아무 말도 하지 못했다. 그런데 밥을 다 먹고 나자 할머니 딸이 다짜고짜 호통치듯 말했다.

"너, 뭣 땜시 집 나왔냐? 씰데없는 생각 말고 다시 돌아가그라. 에미 애비 속 좀 그만 썩이고!"

뒤통수를 한 대 얻어맞은 기분이었다. 할머니가 거들었다.

"에미 찾는다고 하더구먼."

그러자 할머니 딸이 까르륵 하고 웃었다.

"고 쥐방울만한 녀석이 거짓말도 상당하게 하네. 느이 어무니는 집에 있을 것인디 목포 바닥에서 으찌께 찾는다냐?"

나는 얼굴이 빨개져서 뭐라고 말할 수가 없었다. 할머니 딸은 나 같은 놈은 수도 없이 많이 봤다는 태도였다.

"너 몇 학년이냐? 아직 학교 댕길 나이로 보이는디, 학교나 졸업하고 집을 기어 나와도 나와라. 으이구, 이 녀석!"

할머니 딸은 기어코 내 머리통을 쥐어박았다. 순간 자리를 박차고 밖으로 나가고 싶은 충동을 느꼈다. 그러나 꾹 참았다. 성깔대로 했다간 세상을 살아 나갈 수 없을 거라는 생각이 들었기 때문이다.

목포 바닥에 있다간 언제 집으로 잡혀갈지 모른다는 생각이 들었다. 나는 내친김에 서울로 가 버리자고 마음먹었다.

할머니 딸은 나에게 자기 집에서 자고 내일 아침 배로 할머니와 같이 다시 돌아가라고 윽박지르다시피 했다. 이마빼기에 피도 안 마른 조그마한 녀석이 일찍 도시물 먹어 봐야 건달밖에 더 되겠느냐는 것이 할머니 딸의 주장이었다.

그러나 나는 속으로 코웃음을 쳤다. 나는 이미 인생이 뭔지 나름대로 겪을 것 다 겪고 집을 나온 것이다. 그런데 나보고 마빡에 피도 안 마른 조그마한 녀석이라니!

거기 있다간 죽도 밥도 안 될 것 같아서 잘 먹었다는 인사도 하는 둥 마는 둥 하고 후닥닥 뛰쳐나왔다.

막상 나그네 식당을 뛰쳐나오긴 했지만 어디로 가야 할지 막막했다. 길 가는 사람들을 붙잡고 기차 타는 역을 물으며 걸었지만 역은 쉽게 찾아지지 않았다.

도시의 거리는 어마어마했다. 길가에 죽 늘어선 상점들,

길거리를 씽씽 달리는 차들, 그리고 어깨를 부딪치며 걸어야 할 정도로 많은 사람들.

조금씩 주눅이 들기 시작했다. 목포가 이 정도면 서울은 얼마나 더 대단할까?

바지 주머니 속의 돈이 잘 있는지 수시로 만져 보면서 길을 걸었다. 걸어도 걸어도 그 길이 그 길 같았다. 발에 물집이 생길 정도로 걷고 나서야 목포역을 발견했다. 태어나서 여객선도 처음 타 봤는데 이젠 기차까지 탈 생각을 하니 가슴이 뛰었다.

'이제 기차 차례다!'

역사 너머로 기차가 보였다. 기차를 보자 벌써 서울에 다 간 듯한 기분이 들었다.

배를 탈 때처럼 표를 끊지 않고 적당히 따라 들어갈 만한 사람을 찾아봤지만 쉽지 않았다.

'배를 탈 때처럼 공짜 차를 타야 쓸 것인디…….'

여객선과 달리 기차는 타기가 훨씬 복잡했다. 어떤 시간에 어떤 차를 타야 하는지도 잘 모르겠고, 개찰구 앞에 떡 버티고 서 있는 제복 입은 아저씨의 자세도 배 검표원과는 달랐다. 더구나 그 아저씨는 아까부터 나를 유심히 쳐다보았다. 나같이 '쥐방울만한, 쬐끄마한' 것들이 공짜 차를 자주 타서 그러는지도 모른다.

나는 대합실에 피워 놓은 난롯가에 앉아서 기회를 엿보았다. 그러나 기회는 쉽게 오지 않았다.

'지금까진 그래도 일이 수월하게 잘 풀렸는디…….'

왠지 불길한 예감이 들었다. 난롯가에 앉아 있는데도 몸이 으슬으슬 추웠다. 아침부터 긴장한 채 일찍 설쳐서 그런지 엉뚱하게도 졸음까지 밀려왔다.

"야 인마, 일어나!"

나지막하나 거친 시비조의 목소리였다. 하마터면 난로에 이마를 찧을 뻔하면서 잠을 깼다. 검게 물들인 군대 야전 점퍼를 입은 청년이 나를 노려보고 있었다.

나는 순간적으로 판단을 해야 했다. 튀느냐, 대꾸하느냐…….

청년은 깡말랐다. 그래서 그런지 얼굴은 더 날카로워 보였다. 역 직원은 아니다. 그렇다면? 나는 튀기로 마음먹었다.

사람의 머리는 아주 짧은 순간에도 여러 생각을 한꺼번에 할 수 있다는 걸 난 이미 경험한 바 있다. 나는 불과 10초도 안 될 그 짧은 순간에 많은 생각을 했다.

도시에 나가면, 특히 역 주변에 불량배가 많다는 소리

정도는 도시 경험자들한테서 많이 들은 이야기이다. 가시나들은 친절하게 다가오는 아줌마를 조심하고, 머시마는 거칠게 말을 거는 청년을 조심하라!

떠났다 돌아온 이들이 들려준 가출 요령 제1장 1조에 나오는 수칙이다.

친절한 아줌마는 틀림없이 술집 주인이고, 거친 청년은 틀림없이 껌팔이 두목 아니면 소매치기 두목이다!

나는 청년을 쳐다보는 척하다가 잽싸게 일어나서 역사 밖으로 튀어 나갔다. 뒤에서 뭐라고 외치는 소리가 들렸다. 그러나 나는 앞만 보고 한참을 달렸다.

"어유, 까딱했으믄 큰일날 뻔했네."

역에서 100미터쯤 멀어진 뒤에야 뒤를 돌아보았다. 따라오는 사람이 없다는 걸 확인하고는 걸음을 멈췄다. 그제야 부르튼 발이 아프다는 느낌이 들었다. 다른 사람들의 모습도 눈에 들어왔다. 겨울이라서 그런지 사람들은 모두 옷깃을 단단히 여미고 종종걸음을 쳤다. 짧은 겨울 해는 이미 꼬리를 감춰 거리는 점점 어두워지고 있었다.

'이제 어찌코롬 해야 되까?'

그러나 별로 뾰쪽한 생각이 떠오르지 않았다. 오늘 서울 가는 기차를 타지 못하면 잠은 어디서 자야 할지 우선 그것부터 걱정이었다. 저녁밥도 먹긴 먹어야 할 텐데 밥을 싸게 먹을 수는 없을까?

나는 내 재산 상황을 염두에 두지 않을 수 없었다. 바로 그 순간, 바지 주머니 속의 돈이 퍼뜩 떠올랐다. 어? 그런데 잡히지 않았다. 돈이 없어져 버린 것이다. 세상에! 눈 앞의 길과 건물이 출렁했다. 아무래도 아까 그 야전 점퍼를 입은 청년의 짓인 것 같았다. 도시에선 눈 감으면 코 베어 간다더니, 그 말이 딱 맞는 말이었다.

그러나 당장 역으로 쫓아갈 수도 없는 노릇이었다. 그 청년은 틀림없이 아직도 역 근처에서 어슬렁대고 있을 것이다. 그것도 혼자가 아니고 여럿이서.

그들에게 잡히면 끝장이다. 이럴 수도 저럴 수도 없는 상황이 되고 말았다. 오늘 저녁을 당장 어디서 보내야 할지 대책이 서지 않았다. 가출 요령 제2장 1조에 잠은 주로 역에서 자면 된다고 되어 있었는데, 나는 지금 역으로 갈 수도 없다.

새삼스레 집 생각이 났다. 이어 배에서 만났던 할머니의 딸 집을 떠올렸다. 그러나 내 길눈으론 그곳을 다시 찾아갈 능력이 되지 않는다. 더구나 날까지 어두워져 앞인지 뒨지 천지간을 분간할 수도 없다.

듣기론, 도시에는 통행 금지 시간이라는 것이 있어서 밤 12시 넘어서까지 돌아다니다간 경찰서로 잡혀간다고 했다. 시계가 없어 잘 알 수는 없지만 밤 12시가 되려면 아직 시간은 꽤 남아 있을 것이다. 하지만 어둠이 짙어지자 그것도 걱정이었다.

불빛이 새어 나오는 길가의 가게들을 따라 무작정 걸었다. 그러다가 기왕이면 바닷가를 따라 걷자는 생각이 들었다. 이미 내 마음속엔 부두에서 멀지 않았던 할머니의 딸 집을 생각하고 있던 모양이었다. 그렇다면 가출은 이미 실패한 것이었다.

바닷가를 따라 걷다 보니 주택가 마을이 나타났다. 그러나 그 마을의 집들은 우리 마을의 초가집보다도 못했다. 게딱지만 한 집들이 다닥다닥 붙어 있고, 사람 둘이서 비켜 가기도 힘들 만큼 좁은 골목길이 갈래갈래 나 있었다. 도시에도 그런 집들이 있다는 게 이해가 되지 않았다.

집 밖에서 잠을 자 보기는 세상에 태어나서 처음이었다. 아니, 잠을 잔 것도 아니었다. 행여 사람들 눈에 띄어 경찰서에라도 끌려갈까 봐 어느 집 모퉁이 처마 아래 쭈그리고 앉아 날이 새기만을 기다린 것이었다. 바다 쪽에서 불어오는 찬 바람은 겨우 피했지만 살을 파고드는 추위는 어쩔 수 없었다.

날이 새자 골목 안이 부산해졌다. 이 집 저 집에서 아이들 떠드는 소리, 설거지하는 소리, 어른들 고함 소리가 새어 나왔다. 사람들이 골목으로 금방이라도 쏟아져 나올 것 같아 서둘러 그곳을 빠져나왔다.

배가 고팠다. 그러나 구리돈 한 닢조차 없으니 어찌 해볼 도리가 없었다.

문득 담임 선생님이 언젠가 우리에게 했던 정신 교육 가운데 한 대목이 떠올랐다. 담임 선생님은 걸핏하면 '눈물 젖은 빵을 먹어 보지 않은 사람과는 인생을 논하지 말라.'며 서양 어느 아저씨의 말을 곧잘 들먹였다. 선생님은 마치 눈물 젖은 빵을 먹어 봐서 인생의 쓴맛을 다 알고 있다는 표정으로 말이다.

그러나 나는 그 말을 이렇게 바꿔 봤다.

'눈물 젖은 빵이라도 먹어 본 사람은 그래도 행복한 사람이다. 두 끼 이상 배를 곯아 보지 않은 사람과는 아는 체도 하지 말라!'

물어물어 부두를 다시 찾았다. 부두에서부터 더듬어 할머니의 딸 집을 찾을 요량이었다. 어제의 기억을 더듬었다. 이 골목 저 골목을 끼고, 다시 시장통을 지나, 부둣가에 있는 그 집.

희망이니 성공이니 하는 말은 이미 노자와 함께 도둑맞았다. 이제는 할머니의 딸 집을 찾는 것만이 희망이고 성공이었다.

점심때가 거의 다 되었을 무렵 드디어 그 집을 찾았다.

'나그네 식당'이라는 간판이 눈에 들어오는 순간, 나는 거의 울 뻔했다.

물새야 울어라

할머니 딸은 나를 보자마자 소리부터 질렀다.

"여기 자빠져 있다가 집에 다시 가라니께 말 안 듣고 기어 나가더니, 하루 새에 거지꼴을 해 갖고 들어왔구만. 세상에! 이 꼬라지 좀 봐."

할머니 딸은 내 머리통을 쥐어박았다. 그래도 나는 싫지 않았다. 말을 막하고 함부로 대해 주는 것이 오히려 편했다.

"저기 세숫대야 가져오그라. 얼굴부터 좀 닦아야 밥 먹지. 그 꼬라지를 해 갖고 밥 먹을 수 있겄어?"

할머니 딸의 목소리가 한결 누그러졌다.

식당 입구에 놓인 세숫대야를 들고 오자 할머니 딸이 물

통에서 물을 한 바가지 퍼 주었다.

세숫대야에 손을 담갔다. 찬기가 느껴졌다. 그러나 나는 그 물로 오래오래 얼굴을 닦았다.

점심을 먹으러 오는 아저씨들이 나를 흘긋흘긋 쳐다보는 것 같았다. 그들은 어쩌면 나에게 관심이 없었을 것이다. 괜히 내가 그렇게 느낀 건지도 모른다.

나는 할머니 딸이 푸지게 차려 준 밥을 맛있게 먹었다. 새 중에선 먹새가 제일 크다더니, 먹는 게 이렇게 큰일일 줄이야…….

밥알 하나 남기지 않고 싹싹 긁어 먹자 할머니 딸은 그제야 웃음을 머금으며 따뜻하게 말했다.

"집 나온께 고생이쟈?"

"예……."

나는 모기 소리만 한 목소리로 겨우 대답했다.

할머니는 이미 아침 배로 떠나고 없었다.

할머니 딸은 내가 밥을 다 먹고 나자 나를 데리고 서둘러 부두로 갔다. 낮 배가 뜰 시간이 얼마 남지 않았다는 것이다. 할머니 딸은 나를 데리고 검표원에게 가더니 뭐라고 몇 마디 했다. 검표원과 잘 아는 사이인 것 같았다. 검표원은 알았다는 듯이 고개를 끄덕이더니 나를 보고 한 소리 했다.

"야 이놈아, 생긴 값 좀 해라."

할머니 딸은 배를 타고 가면서 먹으라고 사탕까지 사 주었다. 나는 눈물이 나오려는 걸 참으면서 사탕을 윗도리 주머니에 넣었다. 마침내 출발을 알리는 뱃고동 소리가 울려 왔다.

나는 할머니 딸에게 머리를 숙여 인사를 했다. 고맙다는 말이 목구멍에서 맴돌았지만 끝내 하지 못하고 말았다.

'고향 아줌마, 안녕!'

배에 올라타자 꼭 내 심정을 표현하기라도 하는 듯한 노래가 갑판 위 확성기에서 울려 퍼졌다.

울려고 내가 왔던가
웃으려고 왔던가
울어 본다고 다시 오랴
사나이의 첫 순정
그대와 둘이서
희망에 울던 항구를
웃으며 돌아가련다
물새야 울어라

이제 나는 '선창'이라든가 '항구'라든가 '물새'라는 말들이 말 이상의 깊은 뜻을 지니고 있다는 걸 알게 되었다.

마음이 착잡했다. 돈을 다 잃어버렸으니 어디 가서 움치고 뛸 것인가. 갑자기 꽃치가 위대하게 여겨졌다.

그는 꽃망태기 하나 짊어지고 세상천지를 떠돌아도 밥을 굶지 않는다. 잠자리도 없지 않다. 동냥도 대단한 능력이 있어야 하는 것이라는 생각이 들었다.

나갈 때 설레던 마음은 오간 데 없고 내 마음은 거의 패잔병의 기분으로 변하고 말았다. 패잔병 기분이 되고 보자 배가 어디로 어떻게 가는지조차 관심이 없어 선실 한 구석에 아무 생각 없이 드러누워 있었다. 배가 출렁이는 대로 내 몸도 같이 출렁거렸다.

배의 속도감이 떨어지는가 싶더니 배가 제자리에서 휙 도는 느낌이 들었다. 나는 몸을 일으켜 선실을 나와 갑판으로 갔다. 마침내 배가 고향 땅에 닿은 것이었다.

그러나 내겐 읍내로 들어가는 차를 탈 차비도 없었다. 배에서 내린 손님을 태우기 위해 차를 부두 가까이 대 놓고 서서 차비를 받는 차장에게 떼를 써서 공짜 차를 타 볼까 하다가, 차장의 인상이 하도 험악해서 그냥 걷기로 했다. 올 때와는 달리 시간을 맞춰서 가야 할 이유도 없었으니까.

할머니 딸이 사 준 사탕이 윗도리 주머니에 잘 있는지 확인해 보았다. 손에 사탕 봉지가 잡혔다. 그런 다음 걷기 시작했다. 거기서 읍까지 십 리, 읍에서 집까지 다시 시오 리였다.

저녁밥을 막 먹었을 시간쯤 해서 마을에 들어섰다. 그러나 꽃치처럼 노래를 부르고 들어갈 수도 없다. 다행히 겨울이라 나다니는 사람이 없어 아무도 모르게 우리 집까지 갈 수 있었다. 사립 안쪽을 슬쩍 들여다보니 마당에 아무도 없었다.

살금살금 걸어서 내 방으로 들어갔다. 부모님에게 써 놓은 편지는 치워지고 없었다. 그런데 방바닥이 따뜻했다. 내가 없어도 어머니는 내 방에 군불을 때 놓은 것이다. 나는 이불을 펼 새도 없이 쓰러지듯 잠이 들었다. 긴 잠이었다.

다음 날 눈을 떠 보니 머리맡에 어머니가 근심스런 표정으로 앉아 있었다. 투명한 겨울 햇살이 방문에 비쳤다. 나는 아무 말도 하지 않았다. 어머니도 아무 말 하지 않았다. 그러나 분명한 것은 어머니의 눈시울이 붉어졌다는 것이고, 내 눈에서도 뜨거운 것이 끈적거렸다는 것이다.

나는 아무 일도 없었던 것처럼 방을 나왔다. 안방에서 동생이 "형아! 형아!" 하며 쪼르르 달려 나왔다. 나는 어제 목포의 '고향 아줌마'에게서 얻은 사탕을 동생에게 주었다. 윗도리 주머니에서 사탕 봉지를 꺼내자 사회과 부도에서 뜯어 넣어 두었던 지도도 같이 따라 나왔다. 씁쓸한 웃음이 나왔다.

어머니는 부엌에 들어가서 식사 준비를 했다. 아침이 아니고 벌써 점심이었다.

점심상을 마주한 아버지는 내가 돈을 훔쳐 간 것에 대해선 아무 얘기도 하지 않고 무뚝뚝하게 지나가는 투로 물었다.

"성공해서 왔냐?"

뭐라고 대답할 말이 없어 소리 없이 숟가락질만 했다. 아버지도 더 이상 뭐라 않고 묵묵히 숟가락질만 했다.

나는 그렇게 해서 다시 내 자리로 돌아왔다.

다음 날 학교에 가자 아이들 사이에서는 내가 '돌아온 영웅'이 되어 있었다. 아이들은 내가 학교에 나오지 않은 지난 사흘 동안의 이야기를 듣고 싶어 했다. 그러나 나는 아이들에게 들려줄 이야기가 없었다. 나는 결코 '성공해서' 돌아오지 못했기 때문이다.

아이들은 배에 대해서, 기차에 대해서, 그리고 도시와 도시 사람들에 대해서 물었다. 그러나 나는 배고팠던 것 말고는 다른 기억들이 없었다.

내가 말을 하지 않을수록 나에 대한 이야기는 잔뜩 부풀려진 채 퍼져 나갔다. 꽃치가 말을 하지 않으니까 그에 대해 온갖 이야기가 무성했듯이.

그날 나는 단독으로 담임 선생님의 특별 정신 교육을 두 시간이나 받았다. 선생님이 나를 교육시키면서 다그치던 말과 아이들의 이야기를 이리저리 짜 맞춰 보니, 나는 나중에 완벽한 가출을 하기 위해 이번에 잠깐 서울을 다녀온 셈이 돼 있었다. 서울 가는 기차엔 발도 못 올려 봤다고 얘기할까 하다가 그렇게 얘기해도 아무도 믿지 않을 분위기여서 입을 다물었다.

아이들 사이에서 나는 언제고 이 촌구석을 떠서 서울로 갈 사람으로 여겨졌다. 심지어 다음에 뜰 때는 자기도 꼭 데려가 달라고 부탁하는 녀석들도 있었다. 하지만 나는 아이들이 그러면 그럴수록 심한 허탈감에 빠져들었다.

내 기분이야 어떻든 아이들 사이에선 내가 책상에 새겨 놓은 '사랑, 추억, 희망, 성공'이라는 말이 유행하게 되어, 저마다 쉬는 시간이면 책상에 칼로 그 말을 새기느라 난리를 피웠다.

눈이 두어 번 더 오고, 눈이 올 때마다 학교 뒷산에 올라 토끼 몰이니 노루 사냥이니 하며 난리 법석을 피우고 나자, 지난 6년간의 학교 생활을 마감하는 마지막 겨울 방학이 시작되었다.

겨울 방학을 하던 날은 교실 건물이고 운동장이고 할 것 없이 온 세상이 새하얀 눈으로 뒤덮였다. 아이들은 방학날이 마치 동화 공화국을 세우는 날이라도 되는 것처럼 좋아했다.

그러나 나는 이미 그런 것 때문에 까불고 좋아하기엔 너무 무거운 사람이 되어 있었다.

꽃이 아름답지 않냐?

나는 방학 동안 겉으로 보기엔 지극히 평범한 아이로 돌아갔다. 염소가 없어도 중학교는 그럭저럭 다닐 수 있게 될 것 같았지만, 중학교에 못 간다고 해도 별로 애가 달지도 않을 것 같았다.

그러나 시골 생활이 답답하기는 마찬가지였다. 탈출을 하려면 여름에 해야겠다는 생각이 들었다. 겨울엔 자칫하면 얼어 죽기 십상이다. 여름엔 한데서 자도 얼어 죽진 않으므로 자리잡을 때까지 최소한 잠자리는 걱정하지 않아도 된다.

나는 답답할 때마다 바닷가를 찾았다. 우리 마을에서 가장 가까운 바닷가는 이십 리 길이나 될 정도로 꽤 멀다. 그래서 우리 마을의 주업이 어업이 아니고 농업인 것이다. 바닷가는 학교에서 소풍을 갈 때나 찾는다.

내가 찾아가는 바닷가는 비록 여객선이 닿는 항구는 아니어서 큰 배는 볼 수 없었지만, 조그마한 고깃배만 보아도 좋았다. 떠난다는 것에 대해 이미 어느 정도는 알고 있는 나였다.

포구를 떠나는 그 고기잡이배들을 보면서 나는 내 꿈을—내게 아직도 꿈이 남아 있다면—뱃사람으로 바꿀까 싶었다.

염소가 죽어 버린 그 순간, 푸른 목장에 대한 꿈은 이미 깨져 버린 거나 마찬가지였다. 찬찬히 생각해 보니 목장 울타리에 갇히는 꿈보다는 언제나 포구를 떠나갈 것을 준비하는 뱃사람이 훨씬 더 나에게 맞을 것 같기도 했다. 떠나는 것, 떠남 자체가 바로 직업인 사람, 뱃사람! 될 수 있다면 그러한 뱃사람이 되리라.

내가 나갔다 돌아온 이후 은주와 직접 맞닥뜨린 건 딱 한 번이다. 그날도 바닷가에 가서 바다 내음을 잔뜩 묻히고 돌아오는 길이었다. 그런데 은주가 당산나무 거리에서 나를 기다리고 있었다. 은주는 나를 보자 다짜고짜 눈부터 흘기더니 입을 삐쭉거리며 한마디 했다.

"기왕 서울 갔으믄 거기서 살지 뭣 땜시 다시 돌아왔다냐?"

은주는 품에 안고 있던 홍시감 두 개를 건네주고는 달아났다. 말랑말랑한 홍시감엔 은주의 따뜻한 체온이 남아 있었다.

나는 아무 말 없이 잠시 은주를 바라보았다. 그러나 은주가 홍시감을 주었다고 해서 기분이 풀어지기엔 난 너무나 세상물을 많이 먹어 버렸다. 저 애가 뭘 알겠는가…….

은주와의 관계는 그 정도에서 멈추고 말았다. 은주는 겨울 방학이 다 가도록 별다른 태도를 보이지 않았다. 그 점은 나도 마찬가지였다.

방학이 다 가고 나자 어느덧 졸업식날이 되었다. 아이들은 겨울 동안에 내가 사라지지 않은 것이 신기하다는 표정이었다. 조무래기들이 뭘 알겠는가…….

졸업식날 받은 6학년 생활 통지표의 담임 선생 의견란엔 나의 지난 일 년 생활에 대한 거의 정확한, 그러나 한편으론 시샘에 찬 의견이 쓰여 있었다.

공부를 잘할 수 있는 두뇌이나, 쓸데없는 일에 생각이 많고 자기 자신을 지나치게 과대평가하는 성격의 소유자임. 얌전한 것 같으나 가끔 뜻밖의 행동도 서슴지 않으므로 부모의 주의가 요망됨.

파란 잉크로 쓰여진, 나에 대한 담임 선생님의 의견을 끝으로 나는 6학년을 마감했다.

6학년을 마감함으로써 시리고 아렸던 내 열세 살의 지난 일 년은 과거의 일로 밀려갔다. 그러나 열세 살의 세월이 뒤로 밀려갔으면 사실은 그 열세 살만큼 자랐다는 생각이 들었다. 뒤로 밀려간 그만큼 앞으로 내달은 것이리라.

6학년 때의 선생님은 또 새로운 아이들을 데리고 새로운 '정신 교육'을 하며 새로운 정신을 키워 나가리라.

봄기운이 조금씩 뻗쳐 왔다.

아이들은 집을 뛰쳐나와 놀기 시작했다. 나는 사회과 부도의 책장을 뜯어 만든 딱지로 딱지치기나 하고 있는 우리 또래 아이들이 놀고 있는 당산나무 거리를 지나 마을 앞 고개로 걸어갔다. 그동안 보이지 않던 꽃치가 고갯마루에 보이는 것 같아서였다. 나는 이미 꽃치가 위대하다는 걸 알고 있었다. 꽃치처럼 살 수 있는 사람은 이 세상에 흔하지 않다.

꽃치는 고갯마루에 군락을 이룬 동백 숲의 한쪽 언덕에 비스듬히 기대어 이를 잡고 있었다. 이를 잡는 걸로 보아 꽃치의 몸에도 분명 따뜻한 피가 흐르리라. 사람이 죽어 몸이 식으면 제일 먼저 몸에서 이가 빠져나간다고 하지 않던가?

꽃치의 망태기엔 동백꽃 수십 송이가 꽂혀 있었다. 마치 망태기에 처음부터 동백꽃이 피어 있던 것처럼 보였다.

우리 마을에선 시집, 장가갈 때 동백꽃으로 둥그스름한 꽃다발을 만든다. 나도 장가를 들 땐 이 동백꽃으로 둥근 꽃다발을 만들게 될 것이다.

바로 그때였다. 묵직한, 그러면서 또박또박한 목소리가 들려왔다.

"꽃이 아름답지 않냐?"

나는 거의 반사적으로 뒤를 돌아보았다. 이를 잡다 말고 어느새 꽃망태기까지 짊어진 꽃치가 내 뒤에 서 있었다. 나는 그가 말을 했다는 사실 그 자체보다도 그의 말에서 뜻밖에도 꽃 냄새가 맡아지는 것이 더 놀라웠다.

꽃치는 동백꽃 다발을 만들어 마을로 들어갔다. 나도 그의 뒤를 따라 마을로 들어왔다. 아이들은 꽃치의 뒤를 따라 걸어오는 나를 이상한 눈길로 쳐다보았다.

꽃다발을 든 그는 은주네 집으로 가고, 빈손인 나는 우리 집으로 왔다. 집으로 오는 동안 지난 추석 때 콩쿨 대회에서 서울 아이 어머니가 불렀던 노래 〈동백 아가씨〉가 귓가에서 맴도는 듯했다.

동백꽃잎에 새겨진 사연
말 못 할 그 사연을 가슴에 안고
오늘도 기다리는 동백 아가씨
가신 님은 그 언제 그 어느 날에
외로운 동백꽃 찾아오려나

그런데 그날 이후 꽃치를 봤다는 사람은 아무도 없고, 은주 고모의 해산달이 멀지 않았다는 소문만이 마을에 퍼졌다. 아이를 못 낳는다고 매를 맞아 미친 사람이 되어 친정으로 돌아온 은주 고모가 아이를 낳게 되다니!

그러나 어른들은 은주 고모가 밴 아이의 아버지가 누구라고 딱 부러지게 말하지 않았다. 어른들은 다 알면서도 은주 고모의 비밀을 지켜 주기 위해 그러는 걸까?

아무튼 마을의 그런 분위기에 힘입어 나도 꽃치가 말을 했다는 사실을 끝내 아무에게도 얘기하지 않았다. 비밀은 통하는 사람끼리만의 또 다른 말 또는 신호라는 생각이 들었기 때문에, 아니 그보다는 그의 노랫소리를 다시 듣고 싶은 마음에.

꽃치가 없는 빈자리에 동백꽃잎에나 새겨져 있을 사연들이 제 무게를 이기지 못하고 툭툭 떨어졌다. 떨어진 그 사연들이 어지럽게 나뒹구는 것을 바라보다가 나는 문득 엉뚱한 생각을 떠올렸다. 어쩌면 꽃치는 은주 고모의 비밀을, 아니 마을 어른들의 비밀을 지켜 주기 위해서 마을을 떠났는지도 모르겠다는 생각…….

그가 그립다.

이 봄, 그는 어디에서 다시 노래를 부르고 있을까?

바람이 불어왔다. 봄바람이다.

작가의 말

어린 시절을 떠올리면 쉴 새 없이 일만 한 기억이 가장 먼저다. 우리 또래이면서 시골에서 자란 사람이면 누구나 다 비슷할 것이다.

내 어렸을 때 사내아이인 경우 밥 한 그릇 뚝딱 비울 나이가 되면 다른 무엇보다도 자기 지게가 생겼다. 나도 내 좁다란 등짝에 짝 달라붙게 맞추어진 지게가 생기자 재 너머 밭에서 보릿단을 두세 뭇씩 져 나르기 시작했다. 고갯마루에 오르면 지겟작대기로 지게를 받쳐 놓고 쉬었다.

그때마다 목덜미를 간질이며 지나가던 바람이라니! 봄바람이었다.

나는 고갯마루 한쪽에 쭈그리고 앉아 쉬면서 바람을 보고, 만지고, 마셨다. 봄바람은 그런 바람이다. 눈에도 보이고, 손으로도 만질 수 있고, 가슴으로도 마실 수 있는.

지게질할 무렵에 같이 배우는 일 하나 더는 낫질이었다. 나는 낫질을 배우면서 손가락 두 개를 베이고 말았는데, 지금도 흉이 크게 남아 있고 손톱도 보기 싫게 나온다. 왼손 새끼손가락은 초등학교 3학년 가을에 둠벙 배미 논에서 벼를 베다가 베였고, 그 옆의 약손가락은 4학년 봄 농번기 방학 때 창팟들 너 마지기 논에서 보리를 베다가 베이고 말았다. 지금 보면 적어도 다섯 바늘에서 열 바늘 가량 꿰매야 하는 중상이었다. 하지만 그때는 꿰매기는커녕 마땅한 약조차 없어, 그저 논바닥의 발자국 움푹 파인 자리에 오줌을 싸서 그 오줌물에 다친 손가락을 담가 소독(?)을 한 뒤, 어머니 옷고름으로 친친 동여맨 게 치료의 전부였다.

다시 낫을 잡고 보리를 베려는데 멀리 신작로 자갈길에 먼지를 일으키며 바쁠 것 없이 느릿느릿 지나가는 버스가 보였다. 읍으로 가는 버스였다. 이내 곧 버스는 사라지고 바람이 불어와 버스가 남긴 뿌연 먼지조차 다 흩뜨리고 말았다. 봄바람이었다. 바람에 잠시 몸을 맡기고 서 있자니 어지럼증이 났다. 그리고 나는 쓰러졌다. 조금 지나 깨어 보니 나는 논두렁에 누워 있고 종달새가 하늘 높이 날아오르는 게 눈에 들어왔다. 높이 나는 새를 보자 어이없게도 배가 고팠다.

봄바람은, 그리하여 아직도 내겐 배고픈 바람이다. 그래서인지 새끼손가락 베이던 가을 풍경은 잘 잡히지 않는데, 약손가락 베이던 봄날 풍경은 지금도 또렷하다.

지게질과 낫질이 몸에 밸 정도가 되자 나도 비로소 밥값을 하는 사람 대접을 받게 되었다. 마침내 열세 살로, 학교도 마칠 때가 된 것이다.

지나간 시절은 무턱대고 아름다운 것만도 아니고 무턱대고 궁상맞은 것만도 아니다. 세월 속에 묻어 둔 얼굴 하나 또렷하면 아름답고, 떠올릴 얼굴 하나 없는데도 막무가내로 그 세월이 마냥 그립기만 하면 궁상맞다.

다시 봄바람이 분다. 그 바람 속에 얼굴 하나 또렷하다. 통과의례 같은 일들을 거치며 비로소 밥값을 하던 열세 살 소년이 자라는 만큼 같이 자라던 소녀의 얼굴…….

아직도 나는 기다린다. 열세 살의 모습을 보여 줄 영원한 소녀를, 아니 가시나를.

다시 봄바람 부는 날에

박 상 률

봄바람

2017년 7월 3일 1판 1쇄

지은이 박상률
편집 김태희, 장슬기, 나고은, 김아름
디자인기획 PaTI(파주타이포그라피학교)
아트디렉션 오진경, 디자인 박예나, 그림 윤성서·이주은
제작 박홍기
마케팅 이병규, 양현범, 박은희
인쇄 천일문화사
제책 J&D바이텍

펴낸이 강맑실
펴낸곳 (주)사계절출판사
등록 제406-2003-034호
주소 (10881) 경기도 파주시 회동길 252
전화 031)955-8588, 8558
전송 마케팅부 031)955-8595 편집부 031)955-8596
홈페이지 www.sakyejul.co.kr
전자우편 skj@sakyejul.co.kr
페이스북 facebook.com/sakyejul
인스타그램 www.instagram.com/yoloyolo_book

ISBN 979-11-6094-053-4 04810
ISBN 979-11-6094-050-3 (세트)

이 도서의 국립중앙도서관 출판시도서목록(CIP)은 서지정보유통지원시스템 홈페이지
(http://www.nl.go.kr/cip.php)와 국가자료공동목록시스템(http://www.nl.go.kr/kolisnet)에서
이용하실 수 있습니다.(CIP제어번호: CIP2017013569)